PAPIER FRESSERCHEN
MTM-VERLAG
DIE BÜCHER MIT DEM DRACHEN

Impressum:

Alle weiteren Personen und Handlungen des Buches sind frei erfunden.
Ähnlichkeiten mit lebenden oder verstorbenen Personen sind
zufällig und nicht beabsichtigt.

Besuchen Sie uns im Internet:
www.papierfresserchen.de
www.herzsprung-verlag.de

Mühlstraße 10, 88085 Langenargen
Telefon: 08382/9090344
info@herzsprung-verlag.de + info@papierfresserchen.de

Erstauflage 2019

Cover: Mirijam Habel

Gedruckt in der EU
ISBN: 978-3-86196-770-5

Lektorat: Redaktions- und Literaturbüro MTM
www.literaturredaktion.de

Drachenkind

Die Magie der Versöhnung

Mirijam Habel

Inhalt

Nosce te ipsum

Vom Schicksal geleitet, gelenkt und gelebt erscheint uns das Leben, wenn die Handlungsmacht uns nicht ist gegeben. Wenn alles oder nichts sich fügt, sich anders verhält als erwartet, und dennoch gut, weil es für uns bestimmt, dann gleicht das Leben einem Traum, der einem Roman nicht unähnlich ist. Die Erzählung beginnt mit Jonnef, einem jungen, außergewöhnlichen Mann in schicksalhafter Verbindung mit einem Drachenkind.

Seiner Bestimmung auf Erden noch ungewiss, wandelte er in der Stille seines Wesens ruhend und träumte sich hinfort in eine andere Welt jenseits der Gegenwart. Eine Gegenwart, die viel zu laut, zu schnelllebig, oberflächlich und unsensibel war, in seinem Bedürfnis nach Frieden, nach Ruhe und Kontemplation. Denn zartfühlend war er, sanft und in sich ruhend, wie schwebend, gänzlich von Harmonie umgebend. Darum hat er sich zurückgezogen. Zurück in sein Innenreich, eine Welt tief in ihm drin, die so schön und fein, reich und komplex an guten Gedanken und edlen Gefühlen war. Doch befangen in sich und unfähig, auf und in die Welt zu blicken, konnte er sie nicht in die richtigen Worte hüllen, um sich und ihnen Ausdruck zu verleihen. Auf diese Weise blieb er fremd und unverstanden, verschlossen, schüchtern und scheu, in Schweigsamkeit gehüllt als ein Schatten seiner selbst und still wandelnder Geist.

Darüber hinaus besaß er die Fähigkeit, dunkle Sachverhalte zu erahnen, ja zu erspüren, noch bevor sie eintraten. Darum bewundert und bemitleidet zugleich, auch seiner auffälligen Unauffälligkeit wegen, die schon wieder so unauffällig war, dass sie auffiel, blieb er dennoch fremd.

Nichts als ihr Unverständnis, als Abstand und Distanz konnten seine Mitmenschen ihm gegenüber aufbringen. Doch seine ausgesprochene Herzlichkeit, seine Liebenswürdigkeit und sein enormes

Feingefühl sowie Gespür für die noch so kleinsten, unscheinbarsten Dinge, die Menschen und Tiere um ihn herum, in die er sich stets einzufühlen vermochte, ließen sie ihn als einen angenehmen Zeitgenossen wahrnehmen, der ihnen bald sogar ganz und gar unersetzlich erschien. Denn sie sahen seine Seelenschönheit. Fasziniert von seinem Wesen konnten sie schließlich über seine Unzulänglichkeiten hinwegsehen und erkannten seinen sowohl weit reichenden, als auch tief gehenden Verstand, der hinter einer still, stummen Fassade ganze Bände sprach.

Von Disziplin und Ehrgeiz, von Selbstbeherrschung und Willenskraft war er durchsetzt sowie von einem enormen Kampfgeist, den er jederzeit dann heraufbeschwören konnte, wenn es galt, stark zu sein und zu kämpfen für das, wofür es sich zu kämpfen lohnte.

Verwehrt jedoch blieb ihm die Leichtigkeit des Seins. Zu schwer war ihm das Leben erschienen. Zu schwer auch sein Gemüt, das von einer solchen Gravität umgeben, zu erdrückend für seine Mitmenschen war und ihn selbst mit Melancholie erfüllte, die mit Würde getragen, ihm ein schönes Ansehen gab.

Zu gerne betrachteten sie ihn und die feinen Züge seines sanft strengen Gesichts, das jedoch zu betrachten meist misslang. Still über seinen Büchern gebeugt, entzog er sich ihren Blicken, indessen er der Realität entschwand und sich in einer Geschichte wie dieser wiederfand.

Es ist die Geschichte eines durchschnittlichen Realschülers, der dem Spott seiner Mitschüler zum Opfer fiel, weil er ein wenig anders war als die anderen und sie mit seiner Individualität und Andersartigkeit nicht angemessen umzugehen vermochten.

Um ihre Akzeptanz und Sympathie zu erlangen, hätte er nichts weniger tun müssen, als seine Natur zu brechen, sich selbst zu verleugnen und selbst zu verlieren. Das aber ging nun mal nicht. Es war unmöglich, so oft er es auch versuchte, machte er sich dabei doch nur selbst unglücklich. Dennoch hatte er seine Klassenkameraden gerne, weil er nachsichtig mit ihnen war und über ihre Schwächen erhaben. Er wertschätzte einen jeden in seiner individuellen Persönlichkeit und eine jede in ihrer spezifischen Art. Er nahm sie einfach alle an, so wie sie waren, und machte sich nichts daraus, sondern erfreute sich an ihren Facetten und Nuancen, die er bedingt durch seine außerordentliche Wahrnehmung der Welt und der Menschen darin, besonders erkannte. Und dennoch wurde er stets herausgefordert und aufgefordert, aus sich und seiner Haut herauszukommen.

Jonnef aber konnte dies nicht und ließ sich ihre Sticheleien gefallen, ohne sich zur Wehr zu setzen, bis er es nicht mehr ertrug. Die Sticheleien, sie waren ihm schließlich doch unter die Haut geraten, auf dass er kurzerhand beschloss, den schweren Harnisch seines Großvaters, einen Panzer aus Drachenhaut, vom Speicher herunterzuholen, um sich damit einzukleiden. Zusätzlich mit einem metallenen Schwert umgürtet und einem Schild, das er fest in der Faust umschlungen hielt, betrat er das Schulgelände, um als Drachenritter gekleidet zu erklären, ein Krieger zu sein, der mit Drachenblut benetzt, unverwundbar ist. Von sowohl neugierigen, als auch furchtsamen Mitschülern umgeben, wurde er bald darauf von einer mehr als bestürzten Lehrerschaft zum Direktor der Schule gebracht. Dieser hatte ihn bisher als einen ganz fleißigen, braven Schüler gekannt, der ihm nie verhaltensunauffällig erschien. Nun aber forderte er ihn auf, sich vor ihm zu rechtfertigen.

Obwohl Jonnef des Sprechens ungewohnt und der Aufregung wegen stotternd, gelang es ihm dennoch, der Weisheit seiner Worte wegen den Direktor ins Staunen zu versetzen. Statt eines aufsässigen, widerspenstigen Rebellen, der sich der Schulordnung verweigerte, sah er nun ein seelisch verletztes Kind vor sich sitzen, das im Herzen tief verwundet worden war. Sogleich wurde der Vater des Halbwaisen verständigt und es wurde ihm vorgeworfen, das Sorgerecht für den Jungen vernachlässigt zu haben, was dieser aus beruflichen Gründen zu rechtfertigen verstand. Zudem fehle dem Jungen eine Mutter, lautete schließlich der Befund, sodass man den Verträumten unbescholten seiner Wege gehen ließ. Wege, die ihn in eine Welt führten, bestehend aus mehr als einer Dimension.

Eine Welt voller Fantasie, erfüllt von Magie, in die er uns nun leiten wird.

Die Geschichte des Psaridos

Willkommen in Magictown, umhüllt von des Nebels weißen Schleiern, worin Dragon Feu in einer morschen Hütte hauste. Noch war es Herbst, doch der Winter sollte bald kommen. Quietschend öffnete sich die Tür, aus die der Magier in die morgendliche Kälte trat. Sein schlohweißes Haar hing ihm bereits über die Schultern und sein Bart erreichte fast den Boden. Obgleich runzelig, streng die Züge seines Gesichts, war er doch stets zu einem gütigen, freundlichen Lächeln aufgelegt.

Und nun lief er ungeduldig auf und ab, in Erwartung eines ehemaligen Schülers, der wie ein Sohn zu ihm stand und nun den seinen ihm zur Lehre geben wollte.

Dann endlich regte sich etwas im Wald und zu vernehmen waren Huftritte, die auf morschem Waldboden dumpf aufschlugen, gefolgt vom Gewieher der Pferde, welches die morgendliche Stille durchdrang und die Ankunft der Reisenden verriet. Nur schemenhaft kam eine Kutsche zum Vorschein, deren Holz mächtig knarrte. So schnell der alte Magier konnte, rannte er dem Gefährt entgegen, um den schon sehnsüchtig Erwarteten zu empfangen und in die Arme zu schließen.

Statt des Erwarteten stieg jedoch recht zaghaft ein schüchtern-scheuer Junge, der kaum achtzehn Winter zählte, aus dem Gefährt aus und blickte den Magier etwas misstrauisch, der Sonne wegen blinzelnd an. Dragon Feu grüßte ihn dennoch. Doch als nichts ihm entgegenkam, versah er den Jungen mit ebenso kritischen Blicken, sodass sie beide einander zu hinterfragen schienen und nicht gleich Sympathie zu empfinden. Doch auf einen Ruck des Vaters hin grüßte auch Jonnef den Magier und reichte ihm vorsichtig die Hand. „Das ist also Jonnef, das Drachenkind?“, fragte Dragon Feu und schüttelte den Kopf, während er unverständliche Worte in seinen dicken Rauschebart brummelte.

„Jonnef, mein Sohn!“, entgegnete der Vater bestimmt.

„Freut mich, seine Bekanntschaft zu machen“, sagte Dragon Feu und lächelte ihm zu. Jonnef aber blieb unberührt davon, wie versteinert, und erwiderte das Lächeln nicht.

„So kommt. Kommt hinein in meine Hütte. Ein Feuer ist bereits gemacht, Kräutertee zubereitet und ein Brot im Ofen, das wartet. Es wird euch sicherlich stärken.“ Er öffnete ihnen die Tür zum Zeichen seiner Gastfreundschaft. Jonnef folgte nur zögernd und setzte sich langsam, ein wenig wie verängstigt, auf einen der klapprigen Stühle im Hintergrund, immer versteckt hinter dem Vater. Dass er sich unwohl fühlte, war offensichtlich. Wie nicht dazugehörig kam er sich vor und schien bestrebt, sein Umfeld auszublenden, um so zu tun, als sei er gar nicht da, wie jedes Mal, wenn er sich fehl am Platz fühlte und gar nicht dazugehören wollte. Deshalb saß er nun wie abwesend auf seinem Stuhl, so als sei nur die körperliche Hülle anwesend. Doch der Vater bemerkte es nicht. Stattdessen bemerkte es Dragon Feu, der Befremden an dem Jungen fand und ihn immer wieder aus einem Augenwinkel heraus betrachtete. Doch er versuchte, sich nichts anmerken zu lassen, und reichte ihm einen warmen, wohltuenden Kräutertee, wobei er ihm freundlich zuzwinkerte. Dies verursachte, dass dem verschlossenen Jungen ganz sacht ein schüchternes Lächeln über die Wangen huschte, welches das Eis zwischen ihm und dem Magier zu brechen imstande war, jedoch sofort wieder verebbte, um zu Stein zu erstarren. Dragon Feu bemerkte es dennoch und auch die innere Befangenheit des Kindes. Wieder schüttelte er mit dem Kopf. Dann holte er das Sauerteigbrot aus dem Ofen und reichte ihn in Scheiben geschnitten seinen Gästen, die ihm für seine Zuvorkommenheit dankten.

Während des Essens kam es zu einem ernsthaften Gespräch zwischen dem ehemaligen Schüler und seinem Meister, das zum Ziel hatte, den Jungen bei Dragon Feu in Magictown zu lassen, um ihn zu einem Zauberer auszubilden. Jonnef, der in einen Anschein von Gleichgültigkeit gehüllt schien, noch immer still dasaß und krampfhaft sein Brot hinunterschluckte, sodass er dem Inhalt der Unterredung kaum folgen konnte, fuhr erschrocken zusammen, als sich beide über seinen Kopf hinweg, die Hände reichten und erhoben.

Mit einem Kuss auf die Wange verabschiedete sich der Vater von ihm, dann ging er stillschweigend zur Tür hinaus.

Sich seinem Schicksal ergebend hatte Jonnef nun schon eine ganze Woche bei Meister Dragon Feu verbracht und sich allmählich an die mehr als bescheidenen Lebensumstände des Meisters gewöhnt. Früh morgens, noch vor Tagesanbruch, hatte er aufzustehen und mehrere Male kaltes Wasser vom Brunnen zu holen, während Dragon Feu das Essen zubereitete oder eine Vielzahl an Büchern sortierte, die er Jonnef zum Studieren reichte. Anfangs fiel es Jonnef noch schwer, sie zu lesen beziehungsweise sie zu verstehen, später aber war er darin geübt und verschlang eines nach dem anderen. Denn sie ließen ihn seine bedrückende Lage erträglicher werden. Hin und wieder leistete ihm Dragon Feus Eule Quärisma und mit ihr der Magier Gesellschaft, um sich mit ihm über das Gelesene zu unterhalten. Jonnef lernte auf diese Weise auch endlich Worte kennen, womit er im Stande war, seinen komplexen Gedanken und feinen Gefühlen Ausdruck zu verleihen und sie zur Sprache zu bringen.

Der Meister war bald hellauf begeistert und ganz fasziniert von Jonnefs originellen Gedanken und Empfindsamkeit infolge seiner hochgradigen Sensibilität, sodass Dragon Feu sich immer häufiger, inspiriert von Jonnef, in seine Gelehrtenstube zurückzog, um aufzuschreiben, was er von ihm vernommen hatte.

Auf diese und ähnliche Weise verbrachten sie unzählige Tage miteinander und wurden sich zunehmend vertraut. Jonnef schien plötzlich lebhafter zu werden und immer mehr aus sich herauszukommen. Das erfreute Dragon Feu. Dann aber gab es wieder Tage, an denen der Junge nur schwieg und wie ein Verlassener, traurig und gebrochen, sentimental und sinnentleert auf der Bank vor der Hütte saß und auf den Erdboden blickte, um in Melancholie gehüllt den Klängen der Natur zu lauschen. In solchen Momenten setzte sich Dragon Feu zu ihm, um ihm liebevoll auf die Schulter zu klopfen und zum Hereinkommen zu bewegen.

Stets war Jonnef dieser Aufforderung gefolgt, diesmal aber blieb er regungslos sitzen. Da brummelte der Magier ihm zu, ob er denn etwas von Drachen verstehe. Der Junge aber schwieg und presste die

Lippen nur umso fester zusammen, bis er wieder diesen unsichtbaren Ruck des Vaters spürte, der ihm immer dann einen Stoß in die Rippen versetzte, wenn er sprechen sollte.

„Ja, ein wenig", presste er schließlich aus sich heraus. „Zumindest habe ich viel über sie gelesen und sie sehr gerne", fügte er dem in seiner allzu großen Bescheidenheit hinzu und senkte verlegen das Haupt.

Dragon Feu aber ließ nicht locker. Er wollte wissen, wie es dazu gekommen sei, dass er die Drachen so gerne habe, schließlich seien sie doch gefährliche, Furcht einflößende Wesen. Der Junge, noch immer ein wenig des Sprechens ungewohnt, stammelte etwas davon, dass er von Anbeginn eine große Leidenschaft für sie gehegt habe. Sie seien das Erste gewesen, was er gezeichnet, was sein Geist hervorgebracht habe. Sein Herz brenne förmlich für diese Geschöpfe, sagte er mit leisen, kaum vernehmbaren Worten, die zuletzt fast verschluckt, mehr in sich hinein, als nach draußen gesprochen waren. Wieder fühlte Jonnef nichts als seine Unzulänglichkeit im Leben und wollte erneut in Trübsal versinken.

Dragon Feu ließ sich davon jedoch nicht beirren noch befremden. Er zeigte Mitgefühl und Verständnis für sein Drachenkind und ging in die Hütte, um etwas zu holen. Als er jedoch wieder aus der Hütte kam, sah er den Jungen immer noch ohne Anteilnahme an der Außenwelt wie gedankenverloren, gänzlich in sich gekehrt, in seine eigene Welt versunken sitzen. Abermals schüttelte Dragon Feu den Kopf, dann reichte er ihm einen Eimer und bat ihn, Wasser vom Brunnen zu schöpfen, nur um ihn irgendwie in das Geschehen mit einzubinden. Jonnef erwies sich als sehr gehorsam und holte unter größter Anstrengung gleich mehrere Wassereimer auf einmal hinauf. Bald jedoch ermüdet davon, ließ er sich erneut auf der Bank vor der Hütte nieder und sah gen Himmel. „Wieso bin ich hier, Meister Dragon Feu?"

Dragon Feu, auf der Suche nach den rechten Worten, schwieg lange. Dann antwortete er: „Jonnef, alles ist eine Frage der Zeit und die Zeit die Bedingung allen Werdens. Alles im Leben hat einen Sinn, eine Bedeutung und eines Tages wirst du wissen, welche. Jetzt bist du erst einmal hier bei mir und das ist gut so. Mache dir keine

Sorgen. Wir werden schon miteinander auskommen und einander verstehen."

Weitere Tage vergingen und Jonnef fühlte zunehmend, dass er Teil dieser Welt zu sein schien, der er bislang fremd gegenüber gestanden hatte und die nun mit ihm zu sprechen begann. „Wie kam es zu all dem hier, dieser Zaubererwelt?", wollte er nun von Dragon Feu wissen, noch bevor er in die Verlegenheit kam, zu überlegen, ob er an diesem Ort überhaupt so etwas zu sagen, geschweige denn zu fragen hatte.

Wieder setze sich Dragon Feu neben ihn und dachte nach, wie er beginnen sollte. Er räusperte sich. „Aus mehr als einer Dimension besteht diese Welt, die man auch den Psaridos nennt. Eine Welt der Magier, der Ritter, der Geistlichen und der modernen Menschen. Obwohl sie äußerst intelligent sind, die Weiten des Kosmos und die Tiefen des Ozeans nach fremdem Leben haben abgesucht, ahnen sie nichts von jenen drei ihnen verborgenen gebliebenen Welten." Dragon Feu schmunzelte über Jonnefs Erstaunen. „Von einer unsichtbaren Ruine aus, mitten im Wald gelegen, gelangen wir Zauberer in ihre Welt und wieder zurück durch eine Pforte. Du hast es selbst erlebt. Doch den Menschen ist dies bis zum heutigen Tag unbekannt geblieben."

„Aber warum sind wir anders?", fragte ihn Jonnef.

Wieder räusperte sich der Magier. Er überlegte lange, bevor er zu sprechen begann, holte tief Luft und setze dann mit einer erhabenen, ehrerbietigen Stimme an: „Der Legende nach lebte ein Drachenkind in einer Höhle zu Magictown, das besondere magische Kräfte besaß. Durch Zufall haben die Menschen davon erfahren und sich auf den Weg gemacht, es zu finden. Ganze Truppen an tapferen Männern aus Maryland sind ausgezogen, im Verlangen nach den magischen Kräften. Unter ihnen Richard, der seines Eigensinns und seiner Kühnheit wegen in seinem Dorf nicht nur hoch angesehen war, sondern auch angefeindet von solchen, die ihn darum beneideten. Infolgedessen zog er es vor, alleine, abseits des Dorfes zu leben. Allein auch ritt er davon. Allein auf sich gestellt, nur seiner Intuition folgend. Doch ihm entgegenkam sein Bruder Rubeus, der ihm an Eigensinn und Stärke glich. Beide von derselben Habgier, von Ehrgeiz gepackt, ritten sie vierzig Tage und Nächte lang ohn' Unterlass, um eine Höhle nach der anderen zu erkunden, indessen die königlichen Truppen an Söldnern längst aufgegeben hatten und sich auf dem Rückweg befanden. Die Brüder aber ließen nicht nach und sich nicht davon beirren. Denn nichts und niemand vermochte sie von ihrer Unternehmung abzubringen. Unaufhaltsam und uneinsichtig sollen sie gewesen sein, indessen die Geistlichen sie verurteilten, da sie in ihrem allzu gestrengen Ehrgeiz, ihrer Beharrlichkeit und Zielstrebigkeit, kurzum ihres Kampfgeistes wegen, der bis hin zu einer ungesunden Verbissenheit reichte, ein ungöttliches Streben sahen. Die beiden aber hatten ein Ziel vor Augen, das es unbedingt zu erreichen galt. Mit enormer Willensstärke schritten sie voran, die sie zu unmöglichen Leistungen anspornen ließ und jegliche Unannehmlichkeiten ertragen. Nachdem die Truppen des Königs keine Gefahr mehr für sie darstellten, kam es nun zum Konkurrenzkampf unter den Brüdern. Denn sie waren nicht bereit, zu teilen. Ein jeder wollte der Erste sein und nicht gemeinsam mit dem anderen das Drachenkind erblicken. Richard war es schließlich, welcher die unheilbringende Höhle hinter dem rauschenden Wasserfall entdeckte und in das dunkle Innere mit erhobenem Schwert sich wagte. „Äußerst nebelig und warm soll es der Überlieferung zufolge darin gewesen sein." Dragon Feu unterbrach sich selbst, um zu erkennen, ob Jonnef seiner Erzählung noch immer aufmerksam folgte. Jonnef nickte, um zu signalisieren, dass er noch immer gespannt zuhörte.

„Die Höhle erschien Richard jedoch immer bedrohlicher, da die Wände zu singen schienen und erbebten, indessen sprudelnd heiße Quellen aus kaltem Gestein aufstiegen, die er vorsichtig umging. Und dann, dann sah er es. Das Drachenkind! Inmitten des Felsgesteins. Das sagenumwobene Drachenkind mitsamt dem Muttertier, das sein Junges liebevoll leckte und ihm von seiner Milch zu trinken gab, während violette Blitze aufleuchteten, die von dem Drachenkind aus auf das Muttertier übertragen wurden und die sie wohltuend in sich aufnahm, so als würden sie ihr Stärke verleihen. Von unersättlicher Gier nach den magischen Kräften und ihrer Macht erfasst, griff Richard nach dem Schwert, um es wie ein Speer erhoben auf das Drachenkind zu richten. Mit erhobener Klinge stürzte

Richard auf es zu, gefolgt von Rubeus, welcher den Spuren des Bruders heimlich nachgegangen war. In seiner Eifersucht raste er auf ihn zu und stürzte ihn gewaltsam nieder, wobei Rubeus die Kontrolle über seinen eigenen Körper verlor und mit seinem Hinterkopf auf den steinigen Boden fiel, wo er unsacht an einen Felsen stieß, der ihn bewusstlos machte. Durch den Kampf der Männer aufgeschreckt, erhob sich der riesige aus unzähligen Stacheln versehene Körper der Drachenmutter und bäumte sich vor ihnen auf, um ihr Junges zu schützen, sodass die Höhle unter ihrem Gewicht bebte und Gesteinsbrocken herabfielen, die die Männer zu erschlagen drohten. Furchtlos stand jedoch Richard der Drachenmutter gegenüber. Er blieb wie angewurzelt stehen, obgleich er an sein Lebensende gedachte, nach Flucht und Umkehr sann. Mit feurig funkelnden Augen versah ihn nun die Drachenmutter, bereit ihn zu vernichten. Richard aber war fest entschlossen, mit ihr um ihr Junges zu ringen. Abermals hielt er das Schwert wie ein Speer in der Hand, das als Schusswaffe gebraucht und auf das Mutterherz gerichtet, sein Ziel nicht verfehlte. Getroffen schrie sie auf und sank zu Boden, indessen Richard sie für erschlagen hielt und beinahe selbst erschlagen worden wäre durch herabfallendes Geröll der zunehmend einstürzenden Höhle, ausgelöst durch ihren Schrei und Fall. Hätte Richard nicht die Nische neben sich entdeckt, in die er im letzten Moment noch hineingekrochen war, so wäre er dem Erdboden gleich gemacht worden. So aber überlebte er, eingeigelt wie ein Kind im Mutterleib, und schützte sich das Haupt, auf das Staub rieselte. Indessen kroch das tödlich verwundete Muttertier zu seinem Drachenkind, das die Wunde wehklagend leckte und mit seinen magischen Kräften versah, um sie zu heilen. Noch ein wenig benommen von der Erschütterung, wie leicht betäubt, kroch Richard aus seinem Versteck hervor und fasste sich ans Herz, um festzustellen, ob er noch lebte. Dann klopfte er sich den Staub vom Gewand und lächelte wie ein Todgeweihter, der den ersten Schrecken überstanden und überlebt hatte. Von dem Ereignis furchtsam gemacht, ging er behutsam, auf leisen Sohlen weiter. Fast geräuschlos schritt er von einem Stein zum anderen, um sich erneut dem Drachen zu nähern. Für einen kurzen Moment jedoch musste er an seinen Bruder denken, den er bewusstlos zurückgelassen hatte und welcher nun sicherlich unter dem Geröll begraben lag. Schuldgefühle überkamen ihn, er weinte, erst leise in sich hinein, dann laut schluchzend aus sich heraus. Es zwang ihn zu Boden, wo er eine kurze Weile verharrte. Dann jedoch war er wieder auf sein Ziel fokussiert, zur Erreichung dessen er auch nicht nur eine Sekunde lang an seinen Bruder zu denken hatte und schon gar nicht Reue zu empfinden, um in Schuldbewusstsein zu verharren, das ihm nur hinderlich erschien. Dem Drachenkind galt es, sich zu nähern und es für sich einzunehmen. Deshalb wollte er ohne Verzögerung weitergehen, obgleich er einen stechenden Schmerz an der Seite spürte, der ihn in die Knie zwang. Eine Verwundung, die er zuvor nicht bemerkt hatte. Doch auch diese durfte ihn nicht hindern. Er biss die Zähne zusammen und kroch auf allen vieren weiter. Zu seinem Erstaunen fand er schließlich eine breite Schlangenlinie vor, die der Schwanzspitze eines Drachen angehören musste. Intuitiv folgte er ihr, bis dorthin, wo der Sand im Geröll sich wieder verlor. Dann blickte er durch einen Spalt im Felsen hindurch. Sein Herz zuckte zusammen. Erneut erblickte er das Drachenkind. Mit seinen sanften braunen Augen sah es ihn fast unschuldig an und bot sich ihm in all seiner Verletzlichkeit und Schwäche dar. Es schmerzte Richard, solch einem Wesen Leid zufügen zu wollen, sodass er im Begriff stand, von seiner ruchlosen Tat abzulassen. Er hielt inne und sann nach einer Möglichkeit, es zu schonen. Doch erneut erblickte er die violetten Blitze und die magischen Kräfte, die das Drachenkind umgaben, und wieder war Richards unersättliche Gier erwacht. Ein weiteres Mal griff er nach dem Schwert, um es wieder erhoben wie ein Speer, diesmal jedoch auf das Drachenkind zu richten. Ein letztes Mal noch glänzte die Klinge, dann war sie mit Drachenblut benetzt. Du siehst Jonnef, von Anbeginn haben Menschen Unrecht getan und sich einander Leid und Schmerz zugefügt, selbst dann, wenn sie es zu tun nicht beabsichtigten. In ihrem ungebändigten Zorn, ihrer Verblendung und ihrem Selbsthass haben sie Kriege geführt. Und so auch einen Krieg gegen die Drachen ausgelöst."

„Dann ist es also wahr, das mit den Drachen?", flüsterte Jonnef und strahlte. „Es gibt sie also doch!"

Dragon Feu nickte. „Ja Jonnef, es gibt sie in der Tat. Und irgendwo versteckt in den Tiefen der Höhlen befindet es sich noch, das Drachenkind und wartet nur darauf, an uns Rache zu nehmen. Es zu töten, wie das Muttertier, würde ein weiteres Unglück bedeuten und die Kette der Gewalt niemals unterbinden. Darum ein Segen, derjenige, dem es gelingt, es zu besänftigen und mit der Menschheit zu versöhnen."

„Dann hat es also überlebt, das Drachenkind", meinte Jonnef sichtlich erfreut. Dagon Feu nickte und sah zum Himmel hinauf. Jonnef aber wollte noch mehr wissen. „Und was hat es mit den Zauberern auf sich?", fragte er den Meister in seiner Aufregung, weil nach Antworten auf unzählige Fragen heischend.

„Nun mal nicht so ungeduldig, junger Mann. Die Geschichte des Psaridos ist lang und die Vergangenheit der Zauberer tragisch. Über sie zu berichten, fällt mir nicht leicht, doch will ich es versuchen. Also: Wimmernd lag das Drachenkind da und Richard am Boden, indessen die Drachenmutter trotz ihrer Verwundung all ihre Kräfte aufbrachte, um lodernd heiße Flammen aus ihren Nüstern nach dem Feind zu speien. Sie füllte ihren Körper mit glühend roten Flammen an, die bis hinauf in ihre Nüstern wanderten, bereit, sie auszuspeien. Doch nur noch tiefer hatte Richard die Klinge in des Drachenkinds Wunde gerammt, wobei die magischen Kräfte über das Schwert hinweg und auf Richard zu, hin zu seinen Armen wanderten und in seine Adern eindrangen, sodass ihm die Flammen nichts anhaben konnten. Ermattet sank das Drachenkind zu Boden, während Richard, sich seines Sieges gewiss, ein entsetzlich hämisches Lachen von sich gab. Er wendete sich um und zu seinem Entsetzen entdeckte er den tot geglaubten Bruder Rubeus an seiner Seite, der aus einem Versteck heraus mit angesehen hatte, wie sein Bruder Macht erlangte. Mit nichts als seinen bloßen, erhobenen Händen versuchte er, sich vor den Flammen des Drachen zu schützen, wo kein Schutz mehr zu finden war. Doch statt die beiden Männer zu vernichten, die in ihrer Gier zu weit gegangen waren, wurden sie verschont und mit womöglich etwas Schlimmerem als dem Tod, nämlich mit einem Fluch belegt, der sie und ihre ganze Nachkommenschaft betraf, sodass sich die glühend rote Feuersbrunst violett verfärbte. Die

Geburtsstunde Marylands und Magictowns war damit besiegelt." Dragon Feu sah dem unbeschwerlich, leichten Flug eines kleinen Singvogels zu, indes Jonnef, noch immer wie gebannt von seinen Worten, schwieg und das Vernommene zu verarbeiten schien.

„Auf unerklärliche Weise haben sie die Unglücksstätte verlassen können. Ohnmächtig im hohen Gras liegend soll Richard gefunden worden sein, sichtlich erschöpft von dem Erlebten, wie traumatisiert. Denn immer wieder sah er vor seinem inneren Auge die violetten Blitze und den Moment, wie sie in seiner Haut verebbten. Vor ihm das Schwert Esdracollum, das er noch immer krampfhaft in den Händen hielt und das zu seinem Entsetzen bis zum Knauf hin reichend mit Drachenblut war befleckt." Dragon Feu nahm einen kräftigen Schluck Kräutertee. „Richard jedoch war sich nun bewusst, dass dieses Ereignis ihn zeitlebens verfolgen und dass er bald gar nicht mehr so stolz darauf sein würde. Zutiefst bestürzt, ja erschüttert gar, begann er, am ganzen Leib zu zittern. Wie hilflos weinte er in sich hinein, sodass es ihn krampfhaft schüttelte und ihn lauthals aufschluchzen ließ. Obwohl er sich seines Sieges und Zieles gewiss war, dass er so hartnäckig verfolgt hatte, überwog die Schandtat nun doch. Was war nur mit ihm geschehen? Er vermochte es nicht zu sagen. Zurück in seiner Heimat angelangt, ließ er sich als Drachentöter feiern, der mit einer angesehenen Frau des Dorfes eine große Nachkommenschaft hatte. Noch aber konnte Richard die Zauberkraft nicht nutzen, obgleich durchaus Dinge geschahen, deren Erklärung jenseits seiner Vorstellungskraft lagen und von ihm als Wunder ausgelegt wurde, die von den magischen Kräften herrühren mussten. Erst seine Nachkommen verstanden es, die magischen Kräfte zu nutzen und sie über ihre Hände freizulassen, mit Unterstützung der Emotionen, weswegen sie angemessen zu gebrauchen sind. Darum ist es wichtig, stets die Kontrolle über seine Gefühle zu haben. Und es ist wichtig, dass man sich sehr genau kennt", ermahnte Dragon Feu Jonnef. „In positive Energie gewandelt, vermag die Zauberkraft viel Gutes hervorzubringen. Umgekehrt aber, in Zorn gewandelt, kann sie sehr zerstörerisch sein und Unheil hervorrufen. Dessen sei dir stets bewusst. Darum habe immer einen klaren Verstand, wenn du sie für dich gebrauchst."

Jonnef nickte und wollte weiter hören, was mit dem Drachen geschah.

„Nun, während Richards Nachkommenschaft die Zauberkunst zu verfeinern lernte, vergaß sie allmählich die Herkunft dieser Kräfte und auch die Geschichte mit dem Drachen. Der Drache aber hat nicht vergessen. Sein Hass auf die Menschen blieb seither ungebrochen und lebte im Stillen weiter fort. Ich selbst habe den Drachen gesehen. Gesehen mit eigenen Augen, wie er aus der Höhle gekrochen ist und Angst und Schrecken hat verbreitet. Seine Brust immer noch verwundet durch das Schwert Esdracollum. So hat er weite Teile des Landes verwüstet und Menschenleben genommen." Dragon Feu blickte zu Boden. „Ich musste handeln. Wir Zauberer haben uns deshalb von den Menschen entfernt, obwohl wir doch zusammengehören und es zu jener Zeit noch keinen Unterschied zwischen den Zauberern und Menschen gab. Denn wir Zauberer gehören zur Nachkommenschaft Richard Deboskos, dessen Blut in deinen und meinen Venen fließt und so auch die magischen Kräfte des Drachenkinds. Die Menschen dagegen zählen zur Nachkommenschaft Rubeus Deboskos, welcher in der Höhle mit einem Fluch belegt worden ist, der die Weiterentwicklung seiner Nachkommenschaft verhinderte. Deshalb leben sie noch wie zu König Artus' Zeiten, während andere Menschen von Tag zu Tag Fortschritte machten. Du kennst sie. Es sind die Menschen des 21. Jahrhunderts. Daneben existiert noch eine Welt der Geistlichen. Churchtown haben sie ihre Stätte genannt. Abgeschirmt von der Außenwelt, geschützt hinter Klostermauern, leben sie zurückgezogen in Bibliotheken und beschäftigen sich mit alten Schriften. Des Öfteren besuche ich diesen Ort, denn sie beherbergen wahre Schätze an Wissen – überliefert in Chroniken, Legenden und Sagen. Auch Fibeln an Zaubersprüchen entleihe ich ihnen oft. Darüber hinaus stehe ich mit Bruder Benedetus in Kontakt, der mir freundlicherweise Zugang zum Wissen verschafft. Er ist ein außerordentlich ruhiger Mann, der sehr gewissenhaft arbeitet und ein enormes Feingefühl besitzt, das deinem Gespür gleicht. Manchmal, da glaube ich, er könnte mich durchschauen, so hochgradig sensibel und einfühlsam ist er. Und meist hat er auch recht und kann mir meine Wünsche von den Augen ablesen. Das ist schon ein bisschen unheimlich. Wie dem auch sei, ich werde ihn dir eines Tages vorstellen und dich mit ihm bekannt machen. Du wirst sehen, er wird dir gefallen."

Jonnef lächelte, schien aber immer noch nicht gänzlich zufrieden.

Dragon Feu spürte es. „Wir Zauberer haben uns von den Menschen entfernt, weil wir es nicht verantworten mochten, was sie einander angetan haben. Nur noch wenige Magier, wie dein Vater, leben unter ihnen und haben ihre ursprünglichen Wurzeln abgelegt, um dort Fuß zu fassen. Das ist auch der Grund dafür, warum er dir bislang deine wahre Herkunft verschwiegen hat. Dass du eines Tages Schwierigkeiten mit denen dort bekommen würdest, war abzusehen, jedoch nicht unabwendbar. Umso erleichterter bin ich, dass nun der Zeitpunkt gekommen ist, da du deiner wahren Bestimmung wirst gewahr."

Die Kraft der Imagination

Am nächsten Morgen war Jonnef aus unruhigen Träumen erwacht. Zu sehr hatte ihn die Erzählung vom Drachenkind, den magischen Kräften und dem Psaridos beschäftigt. Darüber hinaus war ihm nun bewusst geworden, dass er sein früheres Leben als Schuljunge für immer hinter sich gelassen hatte, um ein großer Magier zu werden.

Hierzu galt es, neue Wege zu beschreiten, die noch ungewohnt und womöglich auch ein wenig unbequem sein würden. Zu gerne wäre er nochmals in die Menschenwelt des 21. Jahrhunderts zurückgekehrt, um sich noch einmal – und diesmal richtig –, für immer von ihr zu verabschieden. Zu verabschieden von einer Welt, die nichts als Unverständnis für ihn übrig hatte und ihn doch irgendwie liebte. Nun aber war er hier und an diesen Ort gebunden. Um nicht unangenehm aufzufallen, hatte er sich an alles zu gewöhnen und sich auf jegliches Fremde einzulassen. Nur so konnte er überleben und seiner wahren Bestimmung folgen.

„Hast du gut geschlafen Jonnef?"

Jonnef nickte, obgleich er vom Gegenteil überzeugt war.

„Das schien aber nicht gerade glaubhaft", erwiderte Dragon Feu mit einem schiefen, doch wohlmeinenden Lächeln, sodass ihm Jonnef gestand, einfach zu viel nachgedacht zu haben. „So? Na dann los, lass uns zum Tagwerk schreiten. Heute beginnt deine Ausbildung zu einem der größten Magier von Magictown, so will ich hoffen." Dragon schmunzelte und zwinkerte ihm mit einem Auge zu, um dann wieder ernsthafter zu werden. „Du bist nun mein Zauberlehrling und ich hoffe, du wirst dich meiner würdig erweisen."

Jonnef dankte und verneigte sich tief vor seinem Meister. „Ich werde mich darum bemühen, Euch nicht zu enttäuschen, Meister Dragon Feu." Sie reichten einander die Hände zum Zeichen ihres Einverständnisses.

„Was immer auch geschieht, Jonnef. Und es geschieht sehr viel in dieser Welt, was sich unserer Kenntnis und Kontrolle entzieht, ich werde immer bei dir bleiben und zu dir halten. Ich werde dich beschützen, solange ich dein Meister und am Leben bin."

Jonnef schien bewegt und dankte ihm für seine Worte. Dann wurde Dragon Feu wieder strenger. Er forderte ihn auf, sich aufzurichten, seine Arme gen Himmel zu strecken und seine Hände halbmondförmig zu öffnen.

Jonnef tat, wie angewiesen.

„Und nun schließe deine Augen und spüre in dich hinein."

Jonnef schloss sie und versuchte, seine Konzentration nach innen zu richten, um in sich hineinzufühlen, wobei Dragon Feu ihm viel Zeit und Ruhe ließ.

„Was spürst du, Jonnef?", wollte Dragon Feu nach einer Weile von ihm wissen.

„Ich fühle, wie etwas in mir aufsteigt und nun zu brodeln beginnt. Eine innere Kraft, eine Macht, die mir Stärke verleiht und sich in mir erhebt." Ein wenig furchtsam blickte er Dagon Feu an, der jedoch zufrieden nickte.

„Das ist die Zauberkraft. Gebrauche sie weise!"

Jonnef nickte abermals und schien, mit sich zu ringen.

„Schließe noch einmal die Augen und konzentriere dich auf deine Hände. Versammele nun all deine Kraft und richte sie hin zu deinen Handflächen. Deine ganzen Gedanken müssen nun auf sie ausgerichtet sein. Was fühlst du?"

„Ich spüre, wie meine Hände immer wärmer und wärmer werden und wie die Magie darin ruht." Jonnef zitterte. „Sie wünscht, von mir freigesetzt zu werden."

„Gut so. Dann, lass sie frei! Lass sie los! Wirf sie von dir! Wirf sie fort! Wirf sie aus dir hinaus! Heraus damit!", rief Dragon Feu ihm zu, der in weiser Voraussicht ein wenig Abstand nahm. Dann machte er eine Bewegung nach vorne, als werfe er etwas von sich, sodass Jonnef es ihm gleichtat.

Nichts aber geschah.

„Wie soll das geschehen?", rief ihm Jonnef ein wenig verzweifelt entgegen, als sich nichts regte.

„Über die Kraft deiner Imagination", entgegnete ihm Dragon

Feu nun ein wenig harscher werdend, beinahe streng, so als sei dies selbstverständlich. „Du musst es dir vorstellen! Stelle dir einfach vor, wie du sie aus deinen Händen entlässt. Vor deinem inneren Auge muss es geschehen. Du musst es sehen und fühlen. Und dann tritt es ein."

Jonnef lächelte ein wenig über die Selbstverständlichkeit, die Tragweite und Bedeutung dieser Worte, dann tat er, wie angewiesen, konzentrierte sich und versammelte all seine Kräfte zu seinen Händen hin. Und plötzlich, in der Tat entsprangen daraus zischende, violette Blitze, die aus seinen Adern über seine Handflächen hinaus hell erleuchtet in den Himmel sich erhoben. Erschrocken sank Jonnef zu Boden und blieb dort eine Weile in der Hocke sitzen. So überwältigt und erstaunt war er von den magischen Kräften in sich drin.

„Das war gewaltig", rief Dragon Feu ihm zu. „Und ziemlich gut für den Anfang."

Jonnef aber kniete und begann, unaufhörlich zu zittern. Das Zittern münzte in ein inneres Beben und ließ ihn am ganzen Leib schütteln. Zu tief saß der Schock. Zu tief, das Wunder, das er soeben gesehen hatte. Mit einer Wolldecke in der Hand kam Dragon Feu zu dem Jungen gelaufen, um ihn fürsorglich darin einzuwickeln. Dann reichte er ihm eine Tasse stärkenden Kräutertees. „Komm, setz dich erst einmal hin und beruhige dich." Seine Stimme war diesmal ganz sanft, fernab des Grummelns und Polterns, das Jonnef sonst von ihm gewohnt.

„Ich habe plötzlich Angst vor mir", gestand ihm Jonnef noch immer zitternd wie Espenlaub und um Worte ringend.

„Das geht vorüber, mein Junge", brummelte er wieder. „Du wirst dich vorerst daran gewöhnen müssen und solltest dich nicht allzu sehr vor deiner eigenen Macht fürchten. Schließlich sollen wir uns nicht vor uns selbst und anderen gegenüber ein Leben lang verschließen und verstecken, um unsere Gaben, Talente und Fähigkeiten für uns zu behalten, sondern die Menschen damit bereichern und ihnen ein Segen sein. Traue dich, zu zeigen, was in dir steckt. Entdecke dich und deine Gaben und lerne, mit ihnen angemessen umzugehen, auf dass du deine Wunden zu Perlen verwandelst und mit deiner individuellen Persönlichkeit den Menschen zum Wohlgefallen dienst. Nosce te ipsum, Jonnef, und du wirst mich verstehen."

Obgleich Jonnef den letzten Worten Dragon Feus aufmerksam zugehört hatte, schien er doch wie abwesend und noch immer nicht Herr über sich und seine Geisteskräfte zu sein.

„Lass uns nun weitermachen", forderte Dragon Feu ihn auf. „Du hast nun die magischen Kräfte in dir kennengelernt und sie ertragen. Jetzt werde ich dir die wichtigste meiner Zauberkünste beibringen. Einen Feuerabwehrzauber."

Jonnef willigte ein und richtete sich erneut auf, so wie Dragon Feu es ihm beigebracht hatte.

Er lobte ihn: „Gut, nun tue genau das, was ich dir sage."

Wieder begann Jonnef zu zittern angesichts seiner Angst vor der ihm noch unbekannten Macht, welche er noch nicht recht einzuschätzen wusste und die ihn in einen Zustand der Ohnmacht versetzte. Jonnef erkannte es ganz deutlich und auch, dass sich diese Angst in ihm einfach nicht unterdrücken ließ. Trotzdem versuchte er, sich nichts anmerken zu lassen. Dragon Feu erkannte Jonnefs innere Anspannung und bat ihn zunächst, nichts zu tun, als einfach nur auszuatmen. „Nun sollst du mir zuhören und dir vor deinem geistigen Auge vorstellen, wie riesige Wassertropfen dir aus deinen Händen kommen und in die Lüfte aufsteigen."

„In Ordnung", erwiderte Jonnef.

„Nimm die Position ein wie vorher und stelle es dir bildlich vor", ermahnte ihn Dragon Feu noch einmal.

Jonnef kniff die Augen krampfhaft zusammen und versammelte all seine Kräfte hin zu seinen Handflächen, bis er erneut zu zittern begann, doch diesmal nicht aus Furcht oder Nervosität, sondern vor Anstrengung.

„Na los!", rief Dragon Feu.

„Ich versuche es ja, aber die Vorstellung allein ist einfach zu grotesk", beklagte sich Jonnef in seiner Verzweiflung angesichts seines Unvermögens. Der Lehrmeister schien einfach zu viel, ja gar Unmögliches von ihm zu verlangen, zumindest etwas, das seine Kräfte überstieg.

„Ich dachte, du bist in der Menschenwelt ein Träumer gewesen, und nun hast du keine Imagination?“

Worte, die Jonnef äußerst schmerzhaft trafen. Sie ließen ihn seine Hände nun in eine solche Spannung versetzen, dass er erneut die in ihm aufkommende Macht spürte. Stärker und immer stärker wurde sie nun, bis sie in ihm zu rütteln begann. Jonnef glaubte, fast keine Kontrolle mehr über sie und seinen Körper zu haben, so mächtig brodelte sie in ihm und verlangte geradezu danach, freigelassen zu werden. Plötzlich schrie Jonnef wider Willen auf. Solch einen Schrei hatte er noch nie von sich vernommen. Und hervor kamen zwei riesige Wassertropfen, die er unverzüglich gen Himmel sandte.

Zu früh jedoch hatte die Spannung in seinen Händen nachgelassen, sodass die Tropfen unerwartet zerbarsten und sich über ihn in einem einzigen Wasserschwall ergossen. Völlig durchnässt stand Jonnef nun da und stimmte schließlich in das Gelächter Dragon Feus ein, der vor Freude in die Hände klatschte und sichtlich zufrieden mit Jonnef, seinem Drachenkind, war.

Eine streng geheime Mission

„Calisto", rief Sir Ruven de Light. „Wo ist er denn, wenn man ihn braucht?", fluchte er in seiner Ungeduld weiter.

„Ihr habt nach mir gerufen?", fragte der junge Knappe höflich und verneigte sich dienstbeflissen.

„So ist es", bestätigte er dem Knappen. „Hör zu, ich habe einen Auftrag für dich, der von größter Wichtigkeit und Geheimhaltung ist. Es handelt sich um einen Brief, dessen Nachricht für seinen Empfänger von großer Bedeutung ist und in niemandes Hände sonst geraten darf, verstehst du?"

Calisto nickte würdevoll, auch wenn ihm erst allmählich der Ernst der Sache bewusst wurde und die Bürde, die er nun zu tragen hatte. „Was ist geschehen?", wollte er von seinem Herrn wissen, welcher in Eile und Unrast schien.

„Alles, einfach alles ist in Bewegung geraten, in Aufruhr und Unruhe versetzt, schon jetzt. Nichts hat mehr Bestand, nichts Halt, in dieser haltlosen Welt. Nichts, was ist, wird mehr so sein, wie es war. Nichts ist mehr sicher. Darum habe ich dich auserwählt. Denn wer vermutet schon einen so schwergewichtigen Brief in der Brusttasche eines einfachen Knappen?" Begleitet von einem schiefen Lächeln, übergab er Calisto den Brief.

Auf beiden Handflächen aufgelegt, empfing Calisto ihn würdevoll, gar dankbar angesichts des von seinem Herrn entgegengebrachten Vertrauen, das er ihm damit schenkte.

„Er ist für Meister Dragon Feu bestimmt, einem der mächtigsten Zauberer in Magictown. Bei Tagesanbruch wirst du zu ihm reiten und vor Einbruch der Dunkelheit hier bei mir zurück sein."

„In Ordnung", erwiderte Calisto.

„Hierzu gebe ich dir Ayalla, eines meiner schnellsten Pferde. Du kennst sie, bist sie schon einmal geritten und hast lernen müssen, ihrem Naturell gemäß angemessen mit ihr umzugehen. Sie wird dich sicher nach Magictown bringen und ebenso sicher wieder zurück. Ich vertraue auf deine Reitkünste, Calisto, und auf dein Geschick!"

Calisto nickte abermals. „Ihr könnt Euch auf mich verlassen", sagte er mit einer solchen Würde, die seinem Ritterstand zu eigen war.

„Das will ich doch hoffen, schließlich handelt es sich hier um keine Kleinigkeit, sondern um das Schicksal von ganz Maryland, wenn nicht sogar um das Schicksal des gesamten Psaridos."

Ein kalter Schauer lief Calisto den Rücken hinunter, doch er ließ sich nichts anmerken und verneigte sich erneut vor seinem Herrn, indessen er den Brief behutsam in seinem Gambeson verschwinden ließ. Kein weiteres Wort war mehr nötig. Sie nickten nur noch einander zu zum Zeichen ihres Einverständnisses.

„Du wirst das schon meistern", lauteten die letzten Worte des Edelmannes, dann ließ er seinen Knappen mit sich selbst allein.

Gedankenverloren ging Calisto seiner Stallarbeit nach und striegelte, wie abwesend, ein Pferd nach dem anderen. Mit Kardätsche und Striegel durchfuhr er das allmählich dichter werdende Pferdehaar, das sich zum Winter hin wechselte, während das Sommerhaar in kleinen Büscheln hinabfiel. Dann sah er nach Sattel und Zaumzeug, wusch Trensen und Riemen, Ringe und Gebisse und kehrte erneut die Stallgasse wie in Trance. Zu sehr war er mit dem Brief in seiner Brusttasche beschäftigt. Zu sehr mit der Mission, die ihm bevorstand. Schließlich griff er in diese, um sicherzugehen, dass der Brief gut verwahrt war, oder vielmehr um festzustellen, ob er überhaupt noch da war. Vorsichtig, ganz sacht zog er ihn ein Stück weit aus seinem Gambison hervor und besah das rote Siegel auf weiß vergilbtem Pergament, auf dem ein Drachenkopf abgebildet war. Plötzlich hörte er Geräusche von hinten auf sich zu kommen. Sofort ließ er den Brief in seinem Gambeson verschwinden und drehte sich erschrocken um, wobei er zu seiner Beruhigung hin feststellen musste, dass die vermeintlichen Schritte nur dem Scharren eines Pferdes in der hintersten Box angehörten, das nach Freilauf verlangte. Erleichtert griff er sich an sein Herz und beschloss, seinen überstrapazierten Nerven ein wenig Ruhe zu gönnen. Noch einmal sah er nach Ayalla und strich ihr beruhigend über den Pferdehals. Dann suchte er das Haus seines Herrn auf, um sich ein wenig auszuruhen.

Ruhe aber fand er nicht. Zu nervös und aufgeregt war er in Anbetracht des ihm Bevorstehenden, zumal ihn schwere Träume plagten, die ihn des Öfteren schon hatten heimgesucht und von Zeit zu Zeit auftraten. Träume, angereichert von dunklen Bildern, die aus einer schmerzhaften Vergangenheit herrührten. Und so sah er es immer und immer wieder, wie er vor der Bettstätte seiner schwer erkrankten Mutter stand, um sie herum die Geschwister betend, indessen er die stille Kerze trug.

Zehn Kinder hatte sie, eine schwache, stets kränkelnde Frau ausgetragen, von welchen nur fünf überlebten. Dies hatte ihren Körper schließlich so geschwächt, dass sie dem Tod entgegensah. Schlimmer aber noch das Bild des skrupellosen Mordes an seinem Vater. Der Mörder, ein Jugendfreund der Mutter, der den Vater für den Tod der Geliebten verantwortlich gemacht hatte. Ein Racheakt, den Calisto mit eigenen Augen hatte ansehen müssen, bevor er als Vollwaise, von seinen Geschwistern getrennt, dem Ritter Sir Ruven de Light übergeben worden war. Damals konnte er es kaum fassen, solch ein Glück im Unglück gehabt zu haben, und nicht begreifen, weshalb Sir Ruven de Light, der einen verborgenen Schatz in dem Jungen sah, sich seiner angenommen und um das Sorgerecht für ihn, den verwaisten Jungen, gebeten hatte, indes seine Geschwister einem Bauern überlassen wurden, der sie schweren Frondienst für ihren Unterhalt leisten ließ.

Calisto glaubte, so vom Schicksal begünstigt worden zu sein, währenddessen er seine Geschwister bemitleidete und ihnen doch nicht helfen konnte. Nichts als Demut und Dankbarkeit empfand er darum gegenüber Sir Ruven de Light, dem er ein gutes Leben und eine Ausbildung zu einem Knappen zu verdanken hatte. Und so liebte er seinen Herrn und war bestrebt, alles für ihn zu tun und zu seinen Gunsten auszurichten.

Während er dies dachte, war er doch eingeschlafen und am nächsten Morgen von einer großen Unruhe, Aufregung und Hektik im Haus erwacht. Wild eine Schublade nach der anderen durchsuchend, erblickte er seinen Herrn, bis er das ersehnte Schriftstück fand und es vor Calistos Augen hielt, welcher sich gerade den Schlaf aus den Augen rieb. „Was ist geschehen?“, fragte er.

„Was geschehen ist?“, meinte Sir Ruven de Light mehr als bestürzt. „Eine neue Macht erhebt sich und wir sitzen untätig herum anstatt zur Tat zu schreiten. Los, Calisto, nimm Ayalla und reite geschwind davon. Wir dürfen keine Zeit verlieren. Dieses Schriftstück muss zusammen mit dem Brief sofort zu Dragon Feu gelangen, um uns vor noch größerem Unheil zu bewahren. Hast du ihn in deiner Brusttasche noch sicher verwahrt?“

Calisto befühlte sie und nickte. Dann folgte er den Anweisungen seines Herrn, sattelte das schnelle, wendige Pferd und ritt los.

„Reite geschwind und fürchte keine Dunkelheit, schließlich sind wir ritterlichen Geblüts“, rief Sir Ruven de Light ihm nach und Calisto verschwand.

Ausschließlich auf dem dunklen Pfad, wo ihm weniger Fußvolk begegnen konnte, hielt sich Calisto, so wie man es ihm empfohlen hatte. Nicht verleiten solle er sich lassen von einem lichteren, der diesen durchkreuzt. Je länger er jedoch auf dem dunklen aus dichten Nadelbäumen bestehenden Pfad ritt, desto stärker überkam ihm ein Gefühl der Verlassenheit, das ihn bedrückte und ihn sich nach dem helleren Pfad sehnen ließ. Immer und immer wieder aber hörte er die ihn ermahnende Stimme in seinem Ohr, einem Echo gleich, das ihn zurechtwies. Darum war er froh, das Pferd bei sich zu haben, an dessen Hals er sich nun schmiegte, und das ihn zu trösten schien. Er horchte das zufriedene Schnauben Ayallas und war dankbar, nicht allein zu sein. Dem Rhythmus der Bewegung des Pferdes folgend empfand er nun bald keine Niedergeschlagenheit mehr oder Dunkelheit in sich aufkommen.

Am langen Zügel ließ er Ayalla gehen und war froh, einen Partner an seiner Seite zu haben, auf den er sich verlassen konnte. Obgleich er wusste, dass Ayalla ihrer feinen Nerven wegen auch blitzschnell reagieren und in Panik geraten konnte, um Gefahr von sich abzuwenden, wobei der Reiter Mühe hatte, sie zu zügeln und sich auf ihr zu halten, angesichts ihrer hohen Geschwindigkeit. Calisto aber fühlte sich auf ihr sicher und glaubte, sich bald fest mit ihr verbunden, beinahe wie beschützt vor jeglichen Gefahren. Darum liebte und fürchtete er sie zugleich. Mit einem leichten Druck seiner Schenkel gab er ihr nun das Zeichen zum Antraben. Doch etwas im

Gebüsch raschelte, das Ayalla sofort aufhorchen und aufschrecken ließ, sie unruhig machte und wild mit den Ohren spielen oder vielmehr gestikulieren ließ.

Ruckartig hatte Calisto die Zügel aufgenommen und wieder in Anlehnung zum Pferdemaul gebracht, indessen er tief in ihren Rücken einsaß, um vorbereitet zu sein, wenn sie scheute und mit ihm durchgehen, davongaloppieren sollte. Doch das Pferd blieb bei ihm und ruhig an seiner Hand, während die Umgebung kühler und kühler wurde und der morsche Waldboden die Huftritte des Pferdes dumpf aufklingen ließ.

Dann bewegte sich etwas im Unterholz, das ihn nun selbst dazu veranlasste, Ayalla das Zeichen zum Angaloppieren zu geben. Mit nach vorne gerichteten Händen und nach hinten zurückgelehntem Oberkörper sowie einem weit hinten verwahrenden, angespannten Schenkel, der auf das Pferd einwirkte und entsprechenden Druck ausübte, galoppierte Ayalla los, indessen Calisto seinen Oberkörper nun nach vorne richtete, um ihrer Geschwindigkeit standzuhalten. Wild schlug ihm die lange Mähne ins Gesicht, die in den Winden peitschte. Doch er war erfreut und erstaunt darüber, wie gut das Pferd selbst auf feinste Hilfen reagierte. Kein klopfender Schenkel war vonnöten, nur ein sachter Druck der Wade und ein tiefer Absatz, der ihn gut in das Pferd ein- und sowohl gefestigt dran sitzen ließ, als auch locker und gelassen, um jeder Bewegungen aus der Hüfte heraus zu folgen und mitzuschwingend, anstatt nur hölzern oben auf zu sitzen. Auch seine Hand war gefestigt und weich zugleich, nicht allzu starr und allzu lose der Zügel, der in guter Anlehnung zum Maul gebracht, ein wenig angespannt und doch beweglich im Gebiss blieb, sodass Ayalla zufrieden schnaubte.

Dann zügelte er sie, um sie vom Trab in den Schritt zu veranlassen, wobei er die Zügel erneut auf und kürzer nahm, ohne das Treiben mit der Wade zu versäumen, sodass sich die Bewegungen des Pferdes in seinem Rahmen verkürzten und dennoch flüssig blieben. Calisto lobte sie, indem er sichtlich erfreut ihren Hals klopfte, wobei er bemerkte, dass das Pferd selbst Freude an ihrem gemeinsamen Ritt, dem harmonischen Zusammenspiel und der gelungenen Kooperation und Kommunikation empfand. Ruhig schnaubte es und ging willig in einem fleißigen Schritt voran, indessen es zufrieden am Gebiss kaute, sodass das ganze Pferdemaul schäumte, was verdeutlichte, dass es gelöst und gut geritten worden war. Die größtmögliche Harmonie zwischen Reiter und Pferd war auf diese Weise hergestellt und Calisto wusste, dass er von diesem Tier, dem er wie anzugehören schien, nicht so leicht lassen würde.

Noch einmal lobte er sie, noch einmal galoppierten sie wie schwebend über das Gras hinweg, dann ließ er sie ausruhen und am langen Zügel laufen, indessen er sich gänzlich auf den Spürsinn des Pferdes verließ, das ihn intuitiv in die richtige Richtung leitete und schließlich an einem Schild haltmachte, auf dem in großen schwarzen Lettern *Magictown* geschrieben stand.

Langsam stieg Calisto von seinem Pferd ab, ließ es zur Erholung an einem Bachlauf, der ruhig vor sich hin plätscherte und zu murmeln schien, grasen und trinken, während er dem munteren Zwitschern der Vögel lauschte und das Dasein in der Natur genoss. Alles um ihn herum wirkte friedlich, zumal die Sonne schien, die zwischen den Wipfeln und Wolken hindurch sich sehen ließ. Wolken, die in den unterschiedlichsten Formationen leicht an ihm vorüberzogen und wie Kinder mit dem Licht der Sonne spielten. Dann aber hörte er wieder diese Stimme in seinem Ohr, die ihn ermahnte, seine Pflicht nicht zu versäumen. Aufgeschreckt davon griff er nach dem Zügel und dem Brief in seiner Brusttasche, der sich darin zu regen schien, was jedoch nur Ursache seines unruhigen Atems war, wie er feststellte. Dennoch in Unruhe versetzt, schwang er sich sofort auf Ayallas Rücken, um nach Magictown zu Meister Dragon Feu zu reiten.

An Birken vorbei fand er schließlich die besagte morsche Hütte Dragon Feus, die mit einem Drachenkopf als Türklopfer verziert war, welcher sie vor anderen Hütten auszeichnete. Vorsichtig näherte er sich ihr. Dann klopfte er sacht, zaghaft an.

Ebenso vorsichtig wie sein Klopfen öffnete sich die quietschende Tür, die nur einen Spaltbreit aufgemacht wurde. Calisto blickte hinein und noch ehe er sich versah, wurde er von einem gigantisch großen Mann am Kragen gepackt und in das Zimmer der Hütte hineingeholt, indes sich die Tür ruckartig schloss und der Mann in einem der hinteren Zimmer verschwand. Ängstlich blickte Calisto sich um, bis er einen jungen Mann seines Alters in einer Ecke am Kamin sitzend vorfand, welcher ruhig über seinen Büchern gebeugt diese zu studieren schien. Calisto betrachtete ihn lange und stellte schließlich fest, dass etwas an ihm oder in ihm war, das ihm gefiel. Vielleicht seine Haltung, die von Disziplin und Fleiß geprägt und seine innere Einstellung, kurzum seine Gesinnung verriet. Oder waren es doch vielmehr seine Gesichtszüge, die sehr fein und schön, sanft und freundlich auf ihn wirkten im Kontrast zu seinen Tigeraugen, die streng und bedrohlich blickten und ihn herauszufordern schienen. Eine Mischung, die Calisto gefiel und dem jungen Mann ein schönes Ansehen gab. Der blickte auf und sah ihn freundlich an, sodass Calisto leicht lächelte, was der junge Mann durchaus zu erwidern verstand und was den jungen Ritter erfreute. Etwas Edles, das er nicht recht zu bestimmen vermochte, ging von seinem Wesen aus. Eine stille Kraft, ein inneres Leuchten, das Calisto zu beeindrucken schien. Sacht blätterte der Fremde eine Seite nach der anderen um, in einer Handbewegung, die von Wertschätzung geprägt. Dann ging er, in einer angespannten Gelassenheit und Ruhe, die Jonnefs Wesen eigen war, auf den Knappen zu. „Ich habe Euch bereits erwartet“, meinte er so, als sei nichts Ungewöhnliches an Calistos Besuch. „Ihr müsst der Knappe Calisto sein, der aus Maryland zu uns gekommen. Dragon Feu hat mir bereits von Euch erzählt.“

Calisto nickte ein wenig befangen und verwundert. Dann stellte er sich ihm selbst vor. „Ich bin in der Tat der Knappe Calisto und unterwegs im Auftrag meines Herrn Sir Ruven de Light.“ Er wollte weitersprechen, doch in diesem Augenblick nahte sich ihnen Dragon Feu, dessen bloße Präsenz dem Knappen imponierte und ihn einzuschüchtern schien. Mit einem gewissen Unbehagen blieb er vor dem Magier stehen und betrachte lange seinen weißen Rauschebart, der fast zum Boden reichte, als auch seinen braunen, filzenen Mantel und Zaubererhut, dessen Spitze die Decke berührte, sowie den kunstvoll geschnitzten Krummstab, auf den der Magier sich stützte und sich dem Knappen näherte. Von Ehrfurcht erfüllt verneigte sich Calisto.

Doch Dragon Feu blieb davon unbeeindruckt und unberührt. „Wie ich sehe, habt ihr Euch schon bekannt miteinander gemacht“, sagte er in seiner dunklen, altehrwürdigen Baritonstimme, die auf Calisto Furcht einflößend wirkte und ihn, an die Wand angelehnt, verstummen ließ. „Verzeiht mir die harsche Behandlung an der Tür, die Euch womöglich vor mir abgeschreckt hat, weswegen ich meinen Zauberlehrling Jonnef den Vortritt gelassen habe, Euch willkommen zu heißen. Doch seid ohne Furcht. Es geschah nicht aus Boshaftigkeit oder schlechter Absicht, sondern zu Eurer eigenen Sicherheit. Man kann nie vorsichtig genug sein. Wer weiß, wer oder was hier noch so herumschleicht. Schließlich tragt ihr keine Kleinigkeit bei Euch, die Euch zu uns geführt hat, nicht wahr?" Dragon Feus Worte waren harsch und streng, doch Jonnefs Lächeln besänftigten sie.

„Hier drin ist er sicher verwahrt", sagte Calisto wie aus einem Traum erwacht und deutete auf seine Brusttasche. Langsam holte er den schwergewichtigen Brief aus dem Gambeson hervor, um ihn auf Dragon Feus Handfläche, mit dem Siegel obenauf, aufzulegen.

„Diesen Brief, Meister Feu, hat mir mein Mentor und Meister Sir Ruven de Light übergeben mit dem Auftrag, ihn sicher in Eure Hände zu legen."

Dragon Feu dankte ihm mit einer leichten Neigung seines Hauptes. Dann verschwand er mit dem Brief in sein Hinterzimmer und ließ den Knappen wieder mit Jonnef allein. Über ein Feuer gehalten, brachte er das Wachs des Siegels, auf dem ein Drache abgebildet war, zum Schmelzen. Dann entnahm er dem Umschlag sein Papier, dessen Botschaft in Runen gehalten war, wie zu Zeiten Richard und Rubeus Deboskos, die von niemandem sonst, außer von ihm und einigen wenigen Schriftgelehrten aus Churchtown zu entziffern waren. Doch die Zeit, in welcher er sich zuletzt mit ihnen befasst und sie studiert hatte, reichte sehr weit zurück, sodass er sich einiger Zeichen nicht mehr recht entsinnen konnte und darum Buch für Buch aus sämtlichen Truhen und Schränken hervorholte, die ihres Alters wegen schon verstaubt und deren Blätter vergilbt waren. Rune um Rune versah er nun und verglich sie mit denen der Lehrbücher, um sie zu dechiffrieren. Um eine ordentliche Transkription bemüht, vertiefte er sich schließlich ganz in die Schrift und Bücher, indes er dem Geschehen wie entrückt nicht bemerkte, wie Calisto und

Jonnef ihm bei der Arbeit zusahen und seinen Ehrgeiz und Fleiß bewunderten.

Um ihn nicht zu stören, zogen sie sich schließlich zurück und gerieten in ein inspirierendes Gespräch, das Calisto den Wunsch verspüren ließ, Jonnefs Freundschaft zu erlangen und ihn häufiger besuchen zu dürfen. Doch insgeheim glaubte er, dass er sich dies hart verdienen müsse und nicht leicht zustande kommen würde. Und doch sehnte er sich danach.

Weitere Stunden vergingen, bis Dragon Feu das ganze Konzeptpapier vollgeschrieben hatte, jedoch ohne zu einem Ergebnis zu kommen. Frustriert davon zerraufte er sich das Haar. Inzwischen war die Kerze schon fast heruntergebrannt und die Dunkelheit hüllte ihn ein. Dann murmelte Dragon Feu etwas Unverständliches, das einer fremden Sprache anzugehören schien und nach einer Zauberformel klang, die, mehrmals ausgesprochen, etwas zu beschwören schien. Ruckartig stand Dragon Feu auf und lief euphorisch im Zimmer umher. Die Worte, sie hatten endlich einen Sinn ergeben und ihm zur Erkenntnis gereicht.

„Meister Feu, habt Ihr etwas herausgefunden?“, wollten Jonnef und Calisto in ihrer Aufregung wissen.

Doch der Zauberer stellte sofort wieder seine Begeisterung ein und erklärte nun wieder etwas nüchterner, gesetzt und gedämpft: „Noch nicht ganz, aber ich befinde mich auf dem Weg dahin.“ Eine Antwort, die die Erwartungen der beiden nicht ganz erfüllte.

„Etwas ist erwacht. Etwas in Aufruhr geraten. Es handelt sich um das Schwert Esdracollum, das einst in der Brust des Drachens hat gesteckt und sich in Churchtown aufbewahrt befindet. Nun ist es wieder auferstanden und verlangt nach seinem Herrn, von dem es getragen zu werden wünscht.“ Mit einem Leuchten versah er Jonnef, der seinen Blick fragwürdig erwiderte. Dragon aber ging nicht weiter darauf ein, sondern blätterte weiter, wie wild in seinen Schriften, um noch mehr Antworten auf seine Fragen zu finden. Deshalb zog er sich abermals in sein Hinterzimmer, als Studierstube genutzt, zurück und geriet erneut in einen solchen Schaffensrausch, welcher ihn Zeit und Raum vergessen ließ, bis Calisto erklärte, aufbrechen zu müssen, um noch vor Einbruch der Dunkelheit zurück zu sein.

Dragon Feu dankte Calisto und reichte ihm die Hand zum Abschied.

„Mein Auftrag ist nun erfüllt. In streng geheimer Mission habe ich ihn ausgeführt und ebenso stillschweigend werde ich nun gehen“, sagte er mit dem Pflichtbewusstsein und der Loyalität eines Edelmanns, die seinem Ritterstand eigen. Dann verließ er die Hütte und schwang sich auf Ayallas Rücken, die wiehernd mit ihm davongaloppierte, indes ihm Jonnef lange noch schweigend hinterher sah, bis des Knappens Umrisse nur noch schemenhaft zu erkennen waren und er sich in der Dunkelheit des Waldes verlor.

Esdracollum

„Jonnef, geschwind, wir haben nach Churchtown zu gehen. Es ist etwas geschehen, was deine Präsenz und meine Anwesenheit verlangt."

Sofort richtete sich der junge Zauberer auf, rieb sich den Schlaf aus den Augen und stand in Kürze zum Fortgehen bereit vor Dragon Feu. Ohne auf Jonnefs noch recht unausgeschlafenen Zustand einzugehen, konfrontierte er ihn mit der Tatsache, dass Pater Benedetus bereits über ihre Ankunft in Kenntnis gesetzt sei und bereit, ihnen Geleit zu geben, um sie zum Schwert Esdracollum zu führen, das einst Richard Deboskos angehört hatte und nun nach seinem rechtmäßigen Erben verlangte, von dem es in Besitz genommen zu werden wünschte.

„Ihr glaubt doch nicht etwa, dass ich ...", stammelte Jonnef in seiner Unbeholfenheit und wagte nicht, weiterzusprechen.

„Ich glaube gar nichts, aber ich bin verpflichtet, dich zu ihm zu führen", sagte Dragon Feu streng, während er dem Jungen einen dunkelgrünen Filzmantel reichte, den er sich zum Schutz vor der Kälte überzog.

„Warum sollte ausgerechnet ich solch eine Bürde tragen müssen?", fragte ihn der junge Mann fast vorwurfsvoll.

„Jonnef, ich weiß es nicht. Es entzieht sich mir jegliche Erkenntnis. Alles, was ich weiß, ist, dass das Blut, das vertrocknet dem Schwert hat angehaftet, erneut gerinnt und gar von der Klinge tropft, auf dass die Vitrine, in welcher es bis zum heutigen Tag geruht hat und sicher aufbewahrt gewesen war, nun befleckt mit Drachenblut ist. Ganz Churchtown ist in Aufruhr versetzt und sucht nach dessen Träger, dem letzten Nachfahren Richard Deboskos, dem Drachenkind also", erklärte ihm Dragon Feu.

Jonnef aber verstand nicht und sah ihn mit großen, fragenden Augen an, indem er ihm gestand, nichts von seiner vermeintlichen

Familiengeschichte und Abstammung zu wissen. Nie hatte er seinen Vater darum gebeten, sie ihm zu erzählen, welcher ihn stets im Glauben ließ, ein ganz normaler Junge aus der Menschenwelt des 21. Jahrhunderts zu sein, der keine Verwandten, außer ihm, mehr hatte.

Dragon Feu erwiderte nichts darauf. „Jedenfalls spürt das Schwert, dass sich der Erbe in unmittelbarer Nähe befindet und verlangt nach ihm. Ruhen wird es erst wieder, wenn es ihn gefunden hat und sich an seiner Seite befindet. So steht es jedenfalls in den Alten Schriften geschrieben, die sich nun womöglich erfüllen werden."

Jonnef aber schüttelte sein Haupt. „Wie kann das sein?" Eine Furcht ergriff ihn. Eine Furcht, wie Jonnef sie schon lange nicht mehr empfunden hatte, seit dem Tag, da er das erste Mal mit seinen magischen Kräften in Berührung kam. Dennoch versuchte er, die Angst gegenüber Dragon Feu zu verbergen, was ihm jedoch nicht recht gelang, da der den Jungen mittlerweile sehr gut kannte.

„Jonnef, nichts ist mehr sicher. Sicher ist nur eins. Ich werde dich zu ihm bringen und dann werden wir sehen, was passiert. Sei mutig und ohne Furcht. Es ist alles gut, und wenn nicht, so wird es gut werden", meinte Dragon Feu zu seiner Beruhigung hin und klopfte ihm ermutigend die Schulter.

„In Ordnung. Ich werde tun, was Ihr verlangt", meinte Jonnef gefasst und verneigte sich fast ritterlich, wie er es bei Calisto gesehen hatte.

Auf diese Weise traten sie die Reise nach Churchtown an, die über weite Felder führte bis hinein in eine Vorstadt, welche von dicken Nebelschwaden umhüllt ein gespenstiges Ansehen erhielt. Erneut empfand Jonnef dieses Unbehagen, das er in sich zu unterdrücken versuchte. Dann erreichten sie die Stadtmauer, die von Gendarmen aus Maryland bewacht wurde. Höflich baten sie an der Pforte um Einlass, wurden aber nicht sogleich eingelassen, sodass sie sich ein wenig zu gedulden hatten, bis Pater Benedetus auf sie zugelaufen kam, um den alten Magier und seinen Zauberlehrling zu empfangen und herzlich willkommen zu heißen. Lange nicht mehr hatte Jonnef solch eine Warmherzigkeit erlebt, die von dem Geistlichen ausging und die Jonnef ein Gefühl des Angenommenseins und der

Geborgenheit gab, an dem es ihm, dem ehemals unverstandenen und ungeliebten Halbwaisen, der im Leben immer irgendwie etwas vernachlässigt worden war, stets gemangelt hatte und darum guttat. Er genoss die Anwesenheit des Geistlichen sehr.

Gemeinsam gingen sie in die Stadt. Im Monasterium angekommen, betraten sie den Kreuzgang des Klosters, dessen wunderschöne Anordnung an außergewöhnlich gestalteten Säulen Jonnef bewunderte und deren Vielfalt ihrer floralen Muster und orientalen Ornamente er im Detail betrachte, um sie zu analysieren und in ihrer Einzigartigkeit wahrzunehmen. Jede ihrer Linien und Windungen verfolgte er mit dem Auge. Er stellte fest, dass sie Zeichnungen mittelalterlicher Stundenbücher glichen, beeinflusst von irisch-angelsächsicher Kunst, wie er sie im Schulunterricht einmal gesehen hatte. Hier jedoch, gänzlich in weißem Marmor gehüllt, verliehen sie dem Ort an Reinheit und Schönheit, wie er sie noch nie zuvor gesehen. Er schien überwältigt von dieser wunderschönen Kunst und blieb noch lange regungslos, staunend in Bewunderung der Verzierung stehen, wobei er nicht bemerkte, dass Dragon Feu und der Geistliche inzwischen an ihm vorübergelaufen und schon weit vorausgegangen waren.

„Der junge Mann neigt zur Kontemplation", stellte Pater Benedetus fest, als er sich nach ihm umsah. „Er hätte die Laufbahn eines Geistlichen einschlagen können."

Dragon Feu aber verneinte. „Täuscht Euch in dem Jungen nicht. Er hat das Herz eines Drachen, das zu allem bereit und zu Außergewöhnlichem fähig ist. Er wartet nur darauf, bis seine Zeit gekommen ist, um zutage zu treten."

Erneut sah sich der Geistliche nach Jonnef um und erblickte sein schimmernd feuriges Tigerauge. „Jetzt, wo Ihr es sagt, sehe ich es auch. Ein friedlicher Krieger schlummert in ihm, der bereit ist, für seine Sache zu kämpfen, sich für sie einzusetzen und sogar sein Leben zu lassen, wie all unsere Märtyrer auch. Es ist mir eine Ehre, Euch zu empfangen, Meister Dragon Feu."

Dragon Feu dankte und winkte Jonnef zu sich. Dann verlangte er von dem Geistlichen, auf kürzestem Wege zum Schwert des Drachentöters zu gelangen.

Der Geistliche aber hob empfindsam eine Augenbraue. „Ihr verlangt nicht wenig, Meister Dragon Feu. Schließlich handelt es sich hier nicht um irgendein Schwert, sondern um das, von dem die Legende sagt, dass es einen Drachen getötet hat. Und ich verlange von Euch nichts weniger, als Euch seiner würdig zu erweisen."

Dragon Feu verneigte sich tief.

„Mit Andacht sollt Ihr Euch ihm nähern und Demut im Herzen tragen in Anbetracht seiner Bedeutsamkeit für unsere Historie."

Der Magier nickte. „Ich kenne die Historie. Schließlich bin ich Teil ihrer gewesen. Wäret Ihr nun so gütig und würdet uns zu Esdracollum führen?"

Wieder zuckte der Geistliche empfindlich mit der Augenbraue und führte seine betenden Hände zum Mund. „Schweigt! Niemand wagt es in diesen Mauern, auch nur seinen Namen auszusprechen."

Worte, die, streng und scharf genug geäußert, Dragon Feu ins Gewissen zu reden schienen. Er entschuldigte sich höflich. „Verzeiht mir, Pater Benedetus. Es war nicht meine Absicht, Euch zu erzürnen und mit harschen Worten zu verletzen. Rauen Umgang sind wir Waldgeister gewohnt. Doch seht, hier neben mir steht sein Erbe, für den es nach Jahrhunderten nun ist erwacht. Ihr wisst, es verlangt nach ihm und es wird immer schlimmer mit steigender Verzögerung." Er zwinkerte Jonnef zu, um ihm, welcher seinen Worten aufmerksam gefolgt und ein wenig furchtsam geworden war, die Schwere zu nehmen.

„Wir sind in der Tat diese Art von Umgang nicht mehr gewohnt, Meister Dragon Feu. Doch wir werden einander schon verstehen und uns wieder an uns gewöhnen. Lange nicht mehr haben wir uns gesehen. Nun folgt mir, ich werde Euch zu ihm führen."

Dragon Feu verneigte sich erneut, ohne weitere Worte zu verlieren. Gemeinsam begaben sie sich nun in den Gewölbekeller, der von einer schweren Luft aus feuchtem Gestein, Moos und Moder angereichert war, was ihnen das Atmen erschwerte. Vorbei an einer Vinothek, mit Weinen aus längst vergangenen Tagen, vorbei auch an einer Sammlung archäologischer Funde aus Gesteinen, Mineralien, Fossilien und menschlichen Gebeinen sowie an schweren Ton- und Schiefertafeln, die mit Runen versehen Dragon Feus ganze Aufmerksamkeit erweckten, gingen sie immer tiefer in das Erdreich hinab. „Dürfte ich mir diese Tontafeln ein andermal genauer ansehen?", fragte Dragon Feu im Vorübergehen.

„Selbstverständlich, Meister Dragon Feu. Wenngleich es nicht unbedingt nötig ist, da sie sich mittlerweile allesamt abgeschrieben, transkribiert und kommentiert in unserer Bibliothek befinden, die wir von philologisch exzellent ausgebildeten Mönchen unseres Skriptoriums haben anfertigen lassen. Ihr könnt Euch dort selbst von ihrer Fleißarbeit überzeugen."

Dragon Feu dankte.

Doch nach einigem Nachdenken erwiderte er etwas, das den Geistlichen verärgerte, jedoch nur Dragon Feus kritischem Geist entsprach. „Was aber, wenn der Schreiber etwas ausgelassen hat, versehentlich oder auch absichtlich und damit die Geschichte, unbewusst oder auch bewusst, gewollt verstellt?"

Der Geistliche hielt inne und zog abermals empfindlich die Augenbraue hoch. „Wer um des Psaridos willen sollte so etwas tun, das Geschichtsbild verändern und die Vergangenheit verstellen?" Er schüttelte den Kopf. „Völlig unmöglich. Welcher unserer getreuen Brüder sollte sich einer solchen Missetat verantworten wollen? Selbst wenn sich ein Schreibfehler eingeschlichen hätte und der Inhalt in seiner Gestalt dadurch ein wenig verändert wäre, ja selbst wenn nur eine kleine Passage aus Unachtsamkeit weggelassen worden wäre, würde das längst nicht den Text in seiner Gestalt beeinträchtigen, noch sein Geschichtsbild prägen und verändern", rechtfertigte sich der Geistliche im Namen seiner Mitbrüder. „Es sei denn, es handelt sich um eine absichtliche, ganz und gar grob fahrlässige Vernachlässigung des Textes im Original und damit um eine bewusste Verstellung der Historie", fügte er dem bei und schwieg. „Wer aber in Gottes Namen sollte so etwas tun?", flüsterte er nun beinahe entsetzt mehr in sich hinein als nach außen zu Dragon Feu gesprochen.

„Es war nur so ein Gedanke. Eine Vermutung, die mir kam. Schließlich sind schon manch skrupellose Dinge im Skriptorium geschehen", erwiderte Dragon Feu, wobei der Geistliche erneut empfindlich getroffen wieder eine Augenbraue hochzog.

„Meister Dragon Feu, seid Ihr hierhergekommen, um Unfrieden

zu stiften und unsere Autorität infrage zu stellen oder um Wahrheit zu suchen?“

Der Magier entschuldigte sich aufrichtig, nicht seine religiösen Gefühle verletzt haben zu wollen, und brummelte etwas Unverständliches in seinen Bart. „Verzeiht mir, Pater Benedetus, es war nicht meine Absicht, Euch zu verletztten und in Unfrieden zu kommen. Ich vergaß, dass jene Geschehnisse, die sich einst in jener unheilvollen Nacht ereignet haben, einer Vergangenheit angehören, die weit jenseits unserer Tage liegt. Entschuldigt bitte, Eure Autorität und die des Klosters infrage gestellt zu haben.“

Der Geistliche schien ihm zu vergeben und Dragon Feu sich bewusst zu werden, dass er der Freundschaft und Gunst Pater Benedetus bedurfte und sie keinesfalls aufs Spiel setzen durfte, schon gar nicht verlieren oder auf irgendeine Weise einzubüßen.

„Hier ist nicht der richtige Ort für Streitgespräche“, meinte der Geistliche kurz und knapp. „Lasst uns der Mission entgegensehen, um die Ihr gebeten habt.“

Dragon Feu verneigte sich höflich.

Über eine Wendeltreppe, die tief hinab in das Erdreich führte, erreichten sie schließlich die Höhle, in welcher Dragon Feu mithilfe der Zauberkunst und einer kurzen, kaum wahrnehmbaren Handbewegung die auf Nischen aufgebahrten Öllampen entzündete, um ihnen Licht zu verschaffen, wobei er gleichsam seine Überlegenheit gegenüber dem Schriftgelehrten bekundete, indem er sie ihn sacht fühlen ließ, ohne ihn damit kränken zu wollen, was Pater Benedetus durchaus bemerkte und ihn darum mit erhobenem Haupt schmunzelnd vorüberziehen ließ. Eine Geste, die Jonnef an dem Geistlichen irritierte. Dann aber erkannte er es und lachte still in sich hinein. Denn nun verstand er, worauf sich diese sonderbare Freundschaft zwischen dem Magier und dem Geistlichen berief. Es war keine wohlmeinende Zuneigung wie unter Freunden üblich, sondern eine Freundschaft, die auf Rivalität begründet lag, aus Herausforderungen und geistigen Gefechten bestand. Etwas, das Jonnef dem harmlosen Geistlichen nicht zugetraut hätte. Und doch sah er, dass sie beide einander zu wertschätzen wussten und es stets gut miteinander meinten. Auch wenn sie sich gelegentlich auf höfliche

Art zu streiten schienen, mochten sie sich auf ihre Weise doch sehr, wie Jonnef feststellen musste, was ihn immer wieder innerlich auflachen ließ.

„Folgt mir, Meister Dragon Feu. Allein ich kenne den Weg zum Schwert des Drachentöters."

„Ja, ja", sagte der Angesprochene, was Jonnef dazu zwang, sein stummes Auflachen und Grinsen zu verbergen.

„Es befindet sich tief im Erdreich, in einer Nische der Tropfsteinhöhle und ist in einer Vitrine untergebracht, die noch immer mit Blut befleckt ist. Der Weg dort hin ist noch weit. Also rasch, kommt und folgt mir schweigend."

Wie angewiesen, folgten sie ihm. Doch je weiter sie ins Erdreich gelangen, desto kälter und ungemütlicher wurde es. Schließlich empfand Jonnef ein solches Unbehagen und Unwohlsein, das in Übelkeit gemünzt, ihn in die Knie zwang. Begleitet von einem unerklärlichen Schwindel, wodurch er schließlich ins Wanken geriet. Mehr schwankend, wankend denn gehend, lief er die Treppe hinab, indem er ganz sacht und vorsichtig eine Stufe nach der anderen nahm, um ja keine zu verfehlen.

„Jonnef", rief Dragon Feu entsetzt, als er den Jungen taumeln sah und die Treppe zu sich hinabstürzen. Doch noch bevor er mit der Stirn aufschlagen konnte, hatte Dragon Feu ihn aufgefangen und ihn in seine Arme genommen. „Junge, was ist los? Du musst durchhalten, sonst wird das nichts", lauteten seine harschen Worte. „Ich bitte dich, sei tapfer."

„Ich versuch's ja", antwortete Jonnef und fasste sich an die Stirn. Doch ein erneuter Schwächeanfall überkam ihn, der ihn abermals schwanken und fast ohnmächtig zu Boden sinken ließ. Völlig entkräftet lag er nun da und hatte große Mühe, auf Dragon Feus Anweisung hin wieder aufzustehen.

„Was ist los?", fragte nun auch der Geistliche, während Dragon Feu besorgt um Jonnef war und dessen Stirn befühlte, die nun äußerst glühte. „Junge, das ist nicht normal. Was geht in dir vor?"

„Ich weiß nicht", hauchte Jonnef ermattet vor Erschöpfung.

„Bitte, versuche es. Versuche es, dich mir zu erklären, damit ich nachvollziehen kann, was mit dir passiert und in dir geschieht."

Jonnef aber schwieg.

„Ich bitte dich, Jonnef, beschreibe es mir und ich werde versuchen, dir zu helfen. Das kann ich aber nur tun, wenn ich dich verstehe. Das verstehst du doch?"

Jonnef nickte, ohne etwas zu sagen, zu schwach, um zu reden, indessen der Magier nun noch einfühlsamer werdend in die Hocke ging und neben ihm kniete.

Dann flüsterte Jonnef: „Es ist mir, als drücke mich eine Last nieder." Er schnaufte schwer. „Irgendetwas umgibt mich. Ich spüre es. Es berauscht mich und erdrückt mich zugleich. Es hebt mich hoch, lässt mich taumeln, lässt mich schweben, sinken und fallen, immerzu. Was soll ich tun? Es drückt mich einfach nieder, zu Boden. Ich kann nicht weitergehen!"

Dragon Feu aber schüttelte den Kopf. „Jonnef, ich bitte dich noch einmal, sei tapfer. Wir können jetzt nicht mehr umkehren. Wir sind ganz nah dran. Du musst da jetzt durch und durchhalten, um dich deiner wahren Bestimmung zu stellen", forderte er ihn auf.

„Sollen wir nicht doch wieder umkehren?", meinte der Geistliche beim Anblick des Jungen.

„Nein!", befahl Dragon Feu streng. Noch einmal ermutigte er seinen Zauberlehrling. Dann versuchte Jonnef aus eigener Kraft wieder aufzustehen. Vorsichtig befühlte er die Steinwand und zog sich dann allmählich hoch, Dragon Feu stützte ihn dabei.

„Alles in Ordnung. Wir werden weitergehen. Jonnef ist soweit. Wir werden nun zu Esdra..., ich meine, zu dem Drachenschwert gehen und dann sehen, was passiert", lautete Dragon Feus Anordnung.

„Aber seht Euch doch nur den Jungen an. Wir können unmöglich weitergehen", erwiderte der Geistliche sichtlich bewegt und um Jonnef besorgt.

„Und ob wir das können!", meinte Dragon Feu, indem er Jonnef stützte und Arm in Arm mit ihm weiterging. „Bist du bereit, Jonnef?"

„Ich bin es."

„Gut, dann lass uns los gehen."

Der Geistliche aber schüttelte den Kopf in Anbetracht Dragon

Feus Starrsinn. „Wir fürchten keine Dunkelheit", erwiderte der ihm in seinem Ehrgeiz, der in jeglicher Hinsicht ungebrochen war und so auch Jonnefs Willensstärke heraufbeschwor, welcher nun auf alles gefasst, was ihm noch begegnen sollte und willens war, voranzugehen. Schließlich gab er sich selbst einen Ruck, sodass es ihm gelang, wieder selbstständig zu laufen. Der Geistliche schritt ihnen mit einer Fackel in der einen Hand und einer Bibel unter dem anderen Arm voran, hob zu einem gregorianischen Gesang an, der meditativ und befreiend ihm und Jonnef die Ängste nahm.

Je näher sie dem Schwert kamen, desto größer wurde Jonnefs Furcht vor dem Ungewissen, was Horrorszenarien in ihm auslöste, die nun immer anschaulicher und lebendiger wurden. Sichtlich beunruhigt und nervös war er. Doch er ermahnte sich, vernünftig zu sein und nicht unnötiges Unheil im Geiste heraufzubeschwören, das auf diese Weise womöglich noch wahr werden würde. Darüber hinaus hatte er sich fest vorgenommen, ihnen zu beweisen, wie tapfer er war, wie mutig und stark seine Nerven sein konnten und wie souverän er reagieren würde, wie geschickt und klug er mit der Situation umgehen und es mit jeglichem Schrecklichen, das ihm begegnen sollte, aufnehmen würde.

Nur Dragon Feu schien bereits erfahren im Umgang mit solchen Situationen und keine Angst zu haben, weil er sich auf seine Zauberkunst verließ und auf die Weisheit seines Alters. Dennoch staunte auch er, als sich vor ihnen eine mit unzähligen Mineralien versehene Höhle erstreckte, die im Schein ihrer Fackel funkelten. Wie Kronjuwelen leuchteten die violettblauen Steine auf und verbreiteten Wohlbehagen, sodass ihre Betrachter davon verzaubert wurden, so atemberaubend schön waren sie. Lange noch standen sie wortlos da in Anbetracht dieser Einzigartigkeit der Natur. Dann ermahnte sie Dragon Feu streng, sich nicht von ihr einnehmen zu lassen, unberührt davon zu bleiben und weiterzugehen, was auch der Geistliche befürwortete, denn schon oft verbreitete Glanz auch Schrecken.

Immer weiter und weiter ging es nun in das dunkle Ungewisse, bis Jonnef den Herzschlag des Geistlichen hörte. Ein letztes Mal noch sahen sie im Rückblick den Glanz und Schimmer, der sie umfing, dann machte der Geistliche die grausame Entdeckung, die ihn einen stummen Schrei des Entsetzens ausstoßen und zurückweichen ließ. Auch Jonnef sah es nun, als er hinter Dragon Feus Rücken hervorgetreten war. Der Boden der Höhle, er war gänzlich mit Blut befleckt. Blut, das tief dunkelrot von Fels zu Fels rann und in einem Schlund der Höhle verebbte. Stillschweigend betrachtete es Jonnef. Wieder überkamen ihn Übelkeit und Gefühle der Ohnmacht, die ihn sinken ließen.

Diesmal jedoch war es der Geistliche, der neben ihm stand und ihn auffing, bevor er auf harten Felsen aufstieß. Wie ein fürsorglicher Vater hielt er ihn in seinen Armen und befühlte ihm die Stirn, die wieder glühte, indessen Dragon Feu sich dem Schwert in der Vitrine zuwandte, das ihn magisch anzog. Wie gebannt betrachtete er es nun. Mehrmals umrundete er die Vitrine und bestaunte es. Denn er selbst hatte es einst in Händen gehalten, doch nie zuvor so genau betrachten können wie jetzt, wo ihn die Vergangenheit einzuholen schien. Dann holte er das Schriftstück hervor, das er von Calisto überreicht bekommen hatte, und studierte es erneut. Leise wispernd flüsterte er die in Runen gehaltene Sprache, die einer Zauberformel angehörten, bis sich der Deckel der Vitrine öffnete, um das Schwert freizugeben. Allesamt hielten sie den Atem an und blieben wie versteinert stehen, bis auf Dragon Feu, der sich als Einziger von ihnen in die Nähe des Schwertes wagte. Jedoch vorsichtig, mit großem Respekt einen Schritt vor den anderen setzend in Anbetracht der Geschichte des Schwertes, der Reichweite und Auswirkung seiner Macht.

„Nie zuvor habe ich solch eine prächtige Schmiedekunst gesehen", sagte er, dem Geschehen wie entrückt, und musterte die ganz feinen, filigranen Linien, die von einer ebensolchen Hand in hartes Metall, minutiös aufwendig eingraviert worden waren. Fast liebevoll strich er mit seinen Fingerkuppen darüber. Und noch ehe er die Klinge berührt hatte, fing das Schwert an zu summen, so als habe man es in Schwingung versetzt. Ehrfürchtig trat der Magier zurück, unwissend, was nun geschehe würde.

Doch es geschah weiter nichts. Das Schwert blieb unbewegt – und doch schien Leben in ihm drin zu sein. Deshalb betrachtete Dragon Feu es noch einmal und entdeckte dabei eine Zeichnung, die dem

Wappen des Siegels auf dem Schriftstück glich. Sofort verlangte er nach Jonnef, der jedoch an Ort und Stelle stehen blieb.

„Meister Dragon Feu. Ich kann nicht. All das Blut. Ich kann es nicht ertragen", stammelte er.

Dragon Feu grummelte missmutig. „So bindet dem Jungen doch ein Tuch um die Augen", befahl er dem Geistlichen, der in seiner Kutte nach einem Stoffstück suchte und etwas fand, das weit genug war, um es ihm umzubinden. Dann führte er Jonnef, die Hand auf seinen Rücken gelegt, zum Schwert, zu dem der Junge nun eine starke Anziehungskraft verspürte. Obgleich blind, war er wie sehend und streckte seine Hand plötzlich nach ihm aus, indessen das Summen des Schwertes zu einer wohlklingenden Melodie sich erhob und die ganze Höhle mit einem sanften Klang erfüllte.

„Es ruft mich zu sich, Meister Dragon Feu", flüsterte Jonnef wie gebannt. Er nahm nun die Binde von seinen Augen und sah, in Betrachtung des magischen Schwertes versunken, wie es aufzuleuchten begann und zu seiner Hand hin sich bewegte, um von ihm angenommen zu werden. Beinahe willenlos streckte Jonnef seine Hand nach ihm aus und ergriff es, sodass die Melodie sich zu einem Engelsgesang erhob, die Pater Benedetus ehrfürchtig niederknien und die Hände zu einem Gebet falten ließ.

Selbst Dragon Feu war dadurch innerlich tief berührt worden und kniete nieder. „Er ist es", flüsterte er ergriffen. „Der Erbe Richard Deboskos." Er sah zu Jonnef und dann zum Schwert in seiner Hand ehrfürchtig auf. „Deine Zeit ist nun gekommen. Jonnef, das Drachenkind ist erwacht, umgürtet mit Esdracollum, das ihm zu seiner Mission gereicht." Würdevoll verneigte er sich vor seinem Schüler, der vor Aufregung zitterte und das Schwert auf beiden Handflächen trug, um es zu verehren.

Die Ritterin

Seit jenen Tagen, da Jonnef das Schwert Esdracollum an sich genommen hatte, waren seine Träume schwer und seine Fantasien erdrückend, die keinen Halt vor nichts mehr machten. Zu sehr hatten ihn die Erlebnisse im Gewölbekeller zu Churchtown, die Erfahrungen in der Höhle und mit dem Schwert mitgenommen und nicht mehr losgelassen. Aufbewahrt in einer hölzernen Truhe und abgesichert mit einem gusseisernen Schloss, befand es sich nun in seinem Zimmer, unwissend über die Ausmaße seiner Macht, obgleich er sie zu ahnen schien und das Schwert deshalb versteckt in der Truhe hielt. Trotz seines Unbehagens holte er es häufig hervor, allein nur, um es anzusehen, zu berühren und ein wenig mit ihm herumzulaufen, da es ihm ein Gefühl von Größe gab, ihm Kraft und Stärke verlieh, wie er es nicht von sich gewohnt war. Darum liebte und fürchtete er dieses Schwert zugleich. Nur zu gerne hätte er sich einem Menschen anvertraut und ihm von Esdracollum berichtet. Einem Menschen wie Calisto, den er in sein Geheimnis einzuweihen wünschte, doch das würde Dragon Feu ihm untersagen, wie er zu wissen meinte, noch bevor er überhaupt in Erwägung zog, ihn darum zu bitten oder vielmehr zu fragen. Schließlich kannte er den Starrsinn des sonst so liberalen, offenen, gutherzigen alten Mannes, der immer dann zutage trat, wenn er es nicht erwartete. Überhaupt verhielt sich der Magier in letzter Zeit auffallend merkwürdig. Seine Beredsamkeit war einer nachdenklichen Schweigsamkeit gewichen und sein Poltern ein sanftes vor sich hin Summen. Nichts konnte ihn einst aus der Ruhe bringen, nun alles. Jede Kleinigkeit versetzte ihn in Unruhe. Irgendetwas schien jedoch nun in Dragon Feu vorzugehen. Er schien mit sich zu ringen. Doch Jonnef traute sich nicht, ihn darüber zu befragen. Womöglich waren es Gedanken oder eine Idee, die ihn quälten, während er bestrebt war, seine Gemütsruhe gegenüber Jonnef beizubehalten, die jedoch nur vordergründig war, wie

Jonnef erkannte. Denn inzwischen konnte er den Magier durchaus durchschauen, zumal er beobachtete, wie Dragon Feu immer wieder über seinen Büchern gebeugt und in Melancholie versunken irgendeiner Frage nachsann, die er Jonnef gegenüber nicht äußerte, doch die ihn immerzu beschäftigte und ihn nicht mehr losließ, bis er wild von den Büchern aufstieg und sich das Haar zerraufte.

Obwohl Dragon Feu jene Erfahrungen und Erlebnisse, die er mit Jonnef und dem Pater gemacht hatte, in sein Notizbuch geschrieben und damit abgelegt hatte, konnte er nicht aufhören, diese ununterbrochen zu analysieren, zu reflektieren und aus verschiedenen Perspektiven heraus zu betrachten, um dadurch zu irgendeiner ihm verborgenen Erkenntnis zu gelangen. Doch er fand sie nicht.

Jonnef war es schließlich, der ihn aus schweren Gedanken holte, indem er ihm gegenüber den Wunsch äußerte, die Schwertkunst erlernen zu wollen. Unverzüglich hatte Dragon Feu einen Brief an Sir Ruven de Light verfasst, den er Quärisma übergab, die diesen einem Boten Marylands überreichte, der ihn wiederum an Sir Ruven de Light schickte, mit der Bitte, seinen Knappen dem Zauberlehrling Jonnef zur Verfügung zu stellen, um diesen zu seiner eigenen Verteidigung und Sicherheit hin in der Schwertkampfkunst zu unterweisen.

Trotz der Umwege war der Brief recht schnell überbracht und ebenso schnell Calisto über seinen zeitweisen Dienst bei Meister Dragon Feu in Kenntnis gesetzt. Bereits am nächsten Morgen fand er sich bei Dragon Feu ein und klopfte erneut, doch diesmal kräftiger als zuvor, an des Magiers Hütte an. Sogleich wurde ihm geöffnet und er dieses Mal sehr sacht und höflich eingelassen, wo ihn Jonnef schon erwartete. Calisto lächelte – und der junge Zauberer ebenso still in sich hinein. In einer eleganten Wendung begrüßte er ihn, dann holte er von Sir Ruven de Lights Zugpferd Tschasiro, einem schwerfälligen, schwarz-weiß gefleckten Tinker, zwei an seinen Sattel gebundene und in schwarzes Leinentuch umhüllte Schwerter, die er Jonnef reichte. Fast hätte Jonnef sie fallen lassen angesichts ihres schweren Gewichts, das ihn in die Knie zwang. Das ließ Calisto wiederum auflachen, welcher ihn nun für einen Schwächling halten musste. Doch der Knappe ließ sich nichts dergleichen anmerken, wenngleich Jonnef etwas in seinem Blick gelesen zu haben meinte. Doch noch ehe er darüber ausführlich nachdenken konnte, wurde er von Calisto aufgefordert, ihm zu einem von Moos und trockenem Laub übersäten Platz zu folgen, den er zu ihrem Übungsplatz erklärte.

„Halte das Schwert zunächst mit beiden Händen ausgestreckt nach vorn", sagte er zu Jonnef, der sich an das Gewicht des Schwertes langsam gewöhnte. Wie angewiesen, nahm er es an seinem Knauf und versuchte es, entgegen seiner Schwerkraft, vor sich nach oben ausgestreckt zu halten und sein Gewicht auszubalancieren.

„Gut so", lobte Calisto ihn. „Nun lass es schwingen und erfühle seine Kraft. Mach dich mit ihm vertraut. Nur so kannst du ein Gespür für das Schwert erlangen und das Schwert ein Gefühl für dich und deine Hand."

Jonnef probierte es, so gut es ging, doch es fiel ihm noch schwer, das Schwert leicht und locker in der Hand zu halten und dennoch gefestigt, um es von rechts nach links und links nach rechts zu schwingen. Bei Calisto sah alles so einfach aus, beinahe lässig, bei ihm jedoch unbeholfen und starr. Kaum dass er diesen Gedanken gedacht, kam auch schon der Kommentar: „Viel zu verkrampft die Hand. Viel zu steinern all die Bewegungen."

Jonnef verzog das Gesicht.

„Ihr stellt Euch aber auch an", meinte Calisto, indessen Jonnef sich – ein wenig verletzt in seinem Selbstwertgefühl – herausgefordert sah und dadurch eine aufrechte, stolze, kämpferisch gesinnte Haltung einnahm, die Calisto gefiel.

„Gut so. Diese Haltung bewahre bei. Denn nun fordere ich Euch auf zum Kampf."

Eine Weile noch ließ er Jonnef Zeit, um sich darauf einzustellen, dann hieb er auf Jonnefs Schwert ein, der große Mühe hatte, den Hieben standzuhalten und sich an das Klirren des Metalls zu gewöhnen, das in seinen Ohren empfindlich laut, beinahe unerträglich klang. Doch er überwand all das bald und versuchte es mit Gegenhieben, indem er nun mit ebenso erhobenem Schwert auf Calisto zulief und auf sein Schwert einschlug.

„Noch viel zu sacht. Viel zu vorsichtig", kommentierte Calisto seine Hiebe. Noch einmal versuchte Jonnef es. Doch er verfehlte die Klinge Calistos, sodass er von seinem eigenen Schwung mitgenommen zu Boden fiel. „Ihr kämpft wie ein Mädchen“, meinte Calisto nun und lachte. „Alles, aber auch alles an Euch ist so sanft, zart und fein, so friedfertig und mild. Im Kampf aber benötigen wir Ehrgeiz, Wut und Zorn, die in unermessliche Willenskraft gewandelt, uns Heldentaten vollbringen lassen, gar Unvorstellbares leisten, sodass Unmögliches möglich wird.“

Jonnef bestätigte dies und versuchte, sich zu rechtfertigen, indem er erklärte, dass dies nun mal jetzt nicht gegeben, er aber in einer anderen Situation dazu durchaus fähig sei.

Dann solle er es sich eben vorstellen und sich vor dem inneren Auge in eine solche Situation hineinbegeben, meinte Calisto ganz sachlich, nüchtern und forderte ihn erneut zum Kampf auf.

Jonnef willigte ein und schloss die Augen. Dann wand er seine Hand um den Knauf des Schwertes, hielt inne in Versammlung all seiner Kräfte und hieb rücksichtslos mit einer solchen Wucht auf Calistos Schwert ein, dass der junge Ritter niederstürzte und ihm das Schwert aus der Hand fiel. Gerade noch rechtzeitig erhob er die Hand zum Zeichen seiner Ergebenheit, sonst hätte Jonnef ihn womöglich schwer zugesetzt. Wie entgeistert stand der junge Zauberer da und sah abwechselnd zu Calisto am Boden und auf das Schwert in seiner Hand, das, noch immer bereit zum Kampf, all seine Kräfte verinnerlicht zu haben schien.

„Nicht schlecht für den Anfang“, sagte Calisto keuchend, indes Jonnef ihm die Hand reichte, um ihm aufzuhelfen. Anerkennend klopfte er ihm auf die Schulter und sich selbst den Staub vom Gewand. „Für heute ist es genug. Morgen werden wir weiter trainieren. Vielleicht werde ich dich mit Melaine bekannt machen. Sie ist ein armes Bauernmädchen, das davon träumt, eine Ritterin zu sein. Auch sie nimmt bei mir Unterricht und zusammen mit ihr lernst du schneller, zumal ihre Hiebe an Kraft und Geschicklichkeit den deinen gleichen.“ Calisto zwinkerte ihm zu, Jonnef aber erwiderte nichts, doch dankte er seinem Lehrer mit einer leichten Verneigung seines Hauptes.

„Melaine, rasch aufs Feld, die Kartoffelernte wartet!“, rief die Mutter, eine hysterische, cholerische, stets kränkelnde und schimpfende Frau. So manche Schicksalsschläge hatte sie schon hinter sich, die sie geprägt und unempfindlich für die Nöte und Bedürfnisse ihrer Kinder gemacht hatten. Melaine und ihre Geschwister waren dementsprechend Härte und ein Leben in Bedürftigkeit gewohnt. Früh schon hatte jedes der Kinder seine Pflicht zu erfüllen, schnell zu lernen und im Familienbetrieb mitzuhelfen. Der Gehorsam gegenüber den Eltern war somit oberstes Gebot, da Kinder ihren Eltern unterstanden. Mit harschen, schlichten Befehlen wurden ihnen tagtäglich neue und immer schwierigere Aufgaben erteilt. Doch, ohne zu murren, gingen sie ans Tagwerk auf dem Feld und im Haus, um ihre Aufgaben pflichtbewusst, bald unterwürfig, bald lethargisch zu verrichten. Nur manchmal war Melaine sehr eigenwillig und widersetzte sich den Anordnungen der Mutter. Selbst den Drohungen des Vaters gegenüber und seinen Strafen hielt sie stand, bis sie eines Tages beschloss, aus den engen Verhältnissen der Familie, aus denen sie lange schon hinausstrebte, auszubrechen, um ein anderes, viel besseres Leben zu führen als das ihrer Eltern und als das, welches sie ihr hätten bieten können. Melaine sprach nie darüber, doch es bewegte sie und reifte still in ihrem Herzen.

„Ich komme nach, Mutter. Vorerst muss ich noch nach Erinya sehen“, rief sie ihr entgegen und schwang sich auf das Pferd, mit welchem sie mit langem, offenem, wild wehendem Haar und im Mantel, den sie wie einen Ritterumhang hinter sich her wehen ließ, davonritt. Von Ingrimm gepackt, sah ihr die Mutter mit zornig wütenden Blicken nach, die Melaine in ihrem Rücken spüren konnte, sodass ihre innere Wärme der Kälte wich.

„Nur zu, reite zu der Hexe, auf dass du verflucht von ihr wimmernd zu mir zurückgekrochen kommst“, schimpfte die Mutter in ihrer Hysterie. Melaine aber hörte ihre boshaften Worte schon nicht mehr – und wenn doch, so überhörte sie diese, um sich nicht von ihrem Vorhaben abbringen oder beirren zu lassen. Darin jedenfalls war sie ihrem ältesten Bruder gleich, den sie an Unerschrockenheit noch übertraf. Mutig und mit der Gesinnung eines Mannes ritt sie in den dunklen Wald hinein, um die aus Maryland Verbannte, ihre

Freundin Erinya, aufzusuchen. An einer Felsgrotte angelangt, stieg sie ab und rief Erinyas Namen in die Höhle hinein, bevor sie eintrat.

In ein braunes, schlichtes Gewand gekleidet saß Erinya da und fristete ihr Dasein als Klausnerin, die sich in ihrer Einsiedelei ganz ihrem Schreiben widmete und eine Seite nach der anderen mit ungewöhnlich originellen Gedanken, Ideen und Sprüchen versah, sodass sich das Pergament im Hintergrund schon stapelte. Auf diese Weise fing Erinya an, das Schreiben als ihre Bestimmung, ihre Berufung gar aufzufassen, da es sie am Leben erhielt und auf eine besondere Weise glücklich machte. Es machte ihr das Dasein in der Einöde erträglicher und ließ sie jegliche Unannehmlichkeit auf sich nehmen.

Melaine bewunderte sie dafür und wertschätzte ihren Geist, welcher aus der Not eine Tugend machte und sie ihr Elend standhaft mit Fassung ertragen ließ. Ein kostbarer Schatz ruhte in Erinya, den sie jedoch meist verschlossen tief in sich trug, bis er zuweilen in Worten und Taten zum Vorschein kam und sich in ihrem Schreiben manifestierte. Auf diese Weise besaß sie einen inneren Reichtum, der über ihre äußere Armut hinwegsehen ließ. Und dennoch bemitleidete Melaine Erinya für ihre kargen Verhältnisse und schwierige Lebenssituation. Nichts als Brot und Wasser nahm sie zu sich. Nichts als diesen einen Mantel trug sie, der sie vor Kälte und Nässe schützte. Nichts als diese eine Höhle besaß sie, weil abgeschieden vom Rest der Welt. „Ohne mich verwahrlost Ihr noch“, meinte die Ritterin, als Erinya dankend ablehnte, weitere Speisen zu erhalten. „Ihr wisst, dass Ihr das nicht nötig habt, edle Melaine. Ich kann mich sehr gut um mich selbst kümmern und allein für mich sorgen“, flüsterte das hauchzarte Geschöpf, welches von seinen Lebensumständen so geschwächt war, dass es kaum sprechen konnte. Doch selbst in dieser Zerbrechlichkeit besaß Erinya noch Anmut und Würde. „Schließlich bin ich hier, um eine Strafe abzubüßen, und somit Eurer Unterstützung und Wertschätzung nicht wert.“

Melaine aber ließ nicht nach. „Ihr seid viel zu streng zu Euch selbst und geht zu hart mit Euch ins Gericht“, sagte sie und legte all ihre Almosen ab. „Von welcher Strafe, außer der, dass man Euch aus Maryland verbannt hat, sprecht Ihr überhaupt?“

„Von der Strafe, Unrechtes zu unrechter Zeit gesagt zu haben“, antwortete Erinya mit ihrer Feenstimme, die nun erschöpft an einen Stein gelehnt ruhte. Dann stand sie auf und zog sich in das Innere der Höhle zurück.

„Aber Ihr habt doch nur die Wahrheit gesagt", rief ihr Melaine hinterher. „Eine Wahrheit, die zwar unbequem ist, doch ausgesprochen und gehört werden musste. Ich erkenne nicht, was daran strafbar sein sollte."

„Ihr nicht, edle Melaine, aber einige Würdenträger Marylands in Verbindung mit einflussreichen Geistlichen durchaus schon", entgegnete ihr Erinya diesmal mit etwas kräftigerer Stimme, die ihre Erhabenheit über sich selbst bekundete. „Manche sagen, ich hätte ihnen die Augen geöffnet, Prophetisches geäußert und etwas weisgesagt, mit Worten, die man so nicht sagen darf. Andere wiederum sagen, ich stünde mit Dämonen in Verbindung, die mir schlimme Dinge einflüstern. Ich sei eine Wahnsinnige, eine Irre, eine Verrückte, eine Hexe." Worte, die, von den Höhlenwänden aufgenommen, wie ein Echo widerhallten und bedrohlich wirkten. Nun in ein weißes Untergewand gehüllt, das ihre Unschuld betonte, trat sie wieder hervor. „Könnt Ihr Euch so etwas vorstellen, edle Melaine? Mit solchen bösartigen Unterstellungen habe ich zu kämpfen. Stets muss ich mich rechtfertigen, behaupten, bewähren und zu verteidigen wissen. Darum bin ich verdammt und verbannt aus Maryland auf ewig. Und dies nur, weil ich meinen Mund nicht habe halten können und meine Gedanken für mich behalten." Sie hielt inne und trocknete sich eine Träne, die ihr soeben über die blasse Wange hinabgelaufen war. „Vermessen bin ich gewesen, indem ich geglaubt habe, der Welt etwas sagen zu müssen, und dabei nicht bedacht habe, wie schwach ich doch vor ihnen erscheine. Solch eine Hybris des Menschen gehört zurecht gestraft." Melaine lächelte sanft. Erinya aber ließ nicht ab von ihrer Selbstanklage. „Und zu guter Letzt noch bin ich als eine Heilerin umhergezogen, habe Waldkräuter gesammelt, Menschen genesen lassen und mir ein kleines Einkommen damit verschafft. Zurecht mussten sie mich für verrückt erklären, und wenn nicht, so doch für höchst fragwürdig und unkonventionell erachten. Warum nur lassen sie mich nicht so sein, wie ich bin? Warum kann ich nicht frei sein? Warum nicht leben, so wie es mir eingegeben wurde und meinem Wesen, meinem Naturell entspricht? Nichts mehr und nichts weniger wünsche ich. Ist das zu viel verlangt?“ Melaine sah sie traurig an und fühlte sich an ihr eigenes Schicksal, das einer Ritterin, gemahnt. „Eines Tages werde ich dafür bestraft werden. Ich sehe es schon kommen. Auf dem Scheiterhaufen werde ich stehen und brennen. So gebt acht, edle Melaine, dass nicht auch Ihr brennen werdet, schon jetzt, indem Ihr Umgang mit mir pflegt“, sagte sie in vollem Bewusstsein und zog sich wieder in das Höhleninnere zurück. Melaine aber, erschüttert von Erinyas Worten, blieb und verließ die Einsiedelei der Klausnerin nicht, ohne ihr vorher noch Mut zugesprochen zu haben, um ihr zu sagen, dass sie es nicht zulassen werde, wenn ihr Leid oder Unrecht geschehen sollte. Sie werde sie zu verteidigen wissen und beschützen, selbst dann, wenn sie dafür um ihr eigenes Leben zu bangen und es zu verlieren habe.

Erinya schwieg und schien bewegt. Sie wollte noch etwas zum Einwand sagen, doch Melaine ließ es nicht zu. Gerührt davon lächelte sie ihr zu und sagte. „Wenn Ihr mich verteidigt, edle Melaine, so habt Ihr Euch selbst gerichtet. Wenn Ihr mich rettet, wer rettet dann Euch?“

Melaine hielt inne und schloss die Augen. „Calisto“, sagte sie in einem Ton, der ihre Verbindung zu ihm verriet. „Auf ihn kann ich mich verlassen. Ihm vertraue ich. Ihm und seinem Freund Jonnef, dem Zauberlehrling.“

„Jonnef?“, fragte Erinya erstaunt.

„Ja, Jonnef, der Schüler Meister Dragon Feus“, erwiderte Melaine nun wieder leichteren Gemüts. „Zusammen mit ihm erlerne ich die Schwertkunst bei Calisto.“

Erinya nickte und spürte in sich hinein. Dann sagte sie leise, ganz beseelt. „Du meinst Jonnef, das Drachenkind. Ich habe von ihm gehört.“ Sie lächelte still in sich hinein und lachte dann heftig auf, worauf die Höhle in einem seltsamen Licht zu erstrahlen schien, das durch sie entzündet worden war.

„Calisto schnell, sattele dein Pferd. Wir müssen ausreiten. Verwüstung und Zerstörung haben sich ausgebreitet und ein mächtiges Beben das Umfeld von Maryland erfasst. Alles ist dem Erdboden gleichgemacht. Wir müssen hin, um Überlebende zu finden, sie retten und dem König Bericht erstatten", meinte Sir Ruven de Light und rüstete sein Pferd wie zu einem Kampf, das er auch Calisto zu tun empfahl. „Rüstet Euch gut, denn mein Gefühl sagt mir nichts Gutes. Schlimmeres als die Erde hat dort gebebt. Etwas ist erwacht. Etwas, das uns erwartet."

Calisto nickte dienstgefällig und wendete sich Ayalla zu, die ihm Sir Ruven de Light vermacht hatte. Nervös und sichtlich unruhig striegelte er sie, so als habe er sich in eine große Schlacht zu begeben. Dann sattelte und zäumte er das Pferd mit etwas weichen Knien. Doch aufgesessen, spürte er keine Dunkelheit mehr. Groß und stark fühlte er sich nun und bereit, jeglichem Unheil zu begegnen, zumal das Tier ruhig und gelassen atmete, da es noch nichts von dem ihm Bevorstehenden ahnte, obgleich es, der Aufregung seines Reiters wegen, durchaus etwas spürte, was es ein wenig unruhig auf der Stelle hin und her tänzeln ließ, bevor es aus der Stallgasse hinaus ins Freie trat und kräftig wieherte.

Dann ging es los. Lange ritten Calisto und Sir Ruven de Light in einem fleißigen Schritt nebeneinander her, bis das Wetter sich wechselte und sie von einer unsanften Brise erfasst wurden. Rau und ungemütlich war es nun, sodass sich die Reiter umso fester in ihre Mäntel hüllten und aus den Satteltaschen Decken für die Pferde hervorholten, die sie vor dem aufkommenden Regen schützten. Heftiger und immer heftiger wurde der Regenschauer nun. Hinzu kamen starke Stürme und Winde, die ihnen peitschend ins Gesicht schlugen und ihnen das Vorankommen erschwerten, zumal ihre Kleidung durch den unaufhaltsamen Regen völlig durchnässt war, sodass sie vergebens nach einer Unterstellung und einem Feuer, das sie wärmte, suchten.

Calisto dachte an Umkehr, nicht aber Sir Ruven de Light. Eisern verfolgte er sein Ziel und zog sich den Kragen weiter ins Genick, währenddessen der Regen in all seiner Kraft schonungslos auf sie einschlug und auch nicht nur eine Sekunde daran dachte, nachzulassen. Über die Nüstern der Pferde rann der Regen an ihren Mäulern hinab, sodass Calisto sein Ritterschild über Ayalla hielt, dicht an dicht an das Pferd geschmiegt, was ihm eine gänzlich unritterliche Haltung im Vergleich zu der Sir Ruven de Lights verlieh, welcher unbeeindruckt der Naturgewalt stolz und erhaben auf seinem Pferd saß, in Repräsentanz der ritterlichen Werte. „Umkehren? Völlig ausgeschlossen!“, schrie er gegen den Regenschauer an, um seiner Stimme, die darin unterzugehen drohte, Gehör zu verleihen.

Und so ritten sie weiter und immer weiter, von Feld zu Feld, doch nichts deutete auf ein Dorf, auf Zerstörung und Verwüstung hin. Weitere Stunden vergingen, in denen es Calisto vor Kälte schüttelte. Doch er ließ sich nichts anmerken, um nicht unritterlich zu erscheinen, sondern war bemüht, tapfer und standhaft alles zu ertragen, wie es sein Ritterstand von ihm verlangte.

Dann endlich ließ der Regen ein wenig nach. Und in der Ferne zeigte sich ein Feuer, an dem sie sich zu wärmen gedachten. Ein Feuer, das jedoch etwas Schlimmen angehörte. Und je näher sie kamen, desto deutlicher sahen sie es. Ein ganzes Dorf lag in Schutt und Asche. Eine verbrannte Leiche neben der anderen. Vor Entsetzen zog Sir Ruven de Light seinen Mantel vor das Gesicht, während ein Kind von irgendwoher wimmerte, dessen Wehklagen von dem Knistern des Feuers fast übertönt wurde. Calisto aber hörte und fand es unter vom Feuer verschont gebliebenen Brettern, sodass er es auffing und mit seinem Mantel bedeckte.

„Dies ist mehr, als ich befürchtet habe, und nur ein Vorgeschmack des Schreckens“, sagte Sir Ruven de Light und deutete auf die verbrannten Körper. „Einfach unermesslich das Ausmaß der Verheerung. Hier hat nicht allein die Erde gebebt, sondern eine Feuersbrunst gewütet. Hier ist keine Hoffnung auf Leben und Rettung mehr. Komm, Calisto, lass uns zurück nach Maryland reiten und von dem Vorfall berichten. „Für das Kind hier werden wir schon eine Amme finden.“

Der Knappe aber, der gerade dem Kind auf sein Pferd half und es zu trösten versuchte, widersetzte sich seinem Herrn. „Wir können jetzt nicht einfach umkehren. Wer weiß, ob sich nicht noch Überlebende finden. Ich werde nicht eher ruhen, wenn ich nicht in jeder einzelnen noch übrig gebliebenen Hütte nachgesehen und nach Leben gesucht habe“, sagte Calisto und machte sich auf zu den Hütten, indessen Sir Ruven de Light stehen blieb.

„Ihr werdet nichts finden als den Tod“, schrie er ihm hinterher. „Es ist aussichtslos, Calisto. Ich bitte dich, sei vernünftig.“

Calisto aber blieb uneinsichtig und schüttelte den Kopf. „Ich werde nicht ruhen, sondern gehen und versuchen, zu helfen, wo Hilfe nötig ist.“

„Du holst dir noch die Pest“, schrie Sir Ruven de Light.

Doch auch dies vermochte den beherzten Knappen nicht abzuschrecken. „Sind wir nicht ritterlichen Geblüts?“, fragte er ihn fast vorwurfsvoll. „Ich jedenfalls werde nicht weichen vor Schrecken oder Tod. Und wenn es sein muss, ihm ins Antlitz blicken, um für jedes einzelne Leben zu kämpfen.“

Sir Ruven de Light hielt inne und schwieg. Dann willigte er ein. „Nun gut, Ihr habt recht. Eide haben wir geschworen, unser Leben hinzugeben zum Schutz der Armen und Schwachen, zur Verteidigung der Witwen und Waisen, der Frauen und Kinder. Wir sollten uns weder von Tod noch Schrecken einschüchtern lassen. Lass uns hingehen und Überlebende finden sowie die Leichen bergen, um sie würdevoll zu bestatten, auf dass wir Maryland von der Pest verschonen.“ Mit diesen Worten schritten sie zur Tat, bis der Tag sich neigte und sie vor Erschöpfung niederknieten. Verzweiflung breitete sich in ihnen nun aus angesichts des vielen Leids, das sie umgab, der Kälte, der Nässe und des Tods. Ermattet wie erloschen kehrten sie schließlich heim, wo sie drei Tage lang verschlossen in ihrem Haus blieben, bis sich der erste Sonnenstrahl zeigte und ihr dunkles Gemüt erhellte.

Dann suchten sie den König auf, um ihm das Ausmaß der Verheerung zu schildern.

„Diese Frau hier und diesen Jungen haben wir eingeklemmt zwischen Brettern liegend vorgefunden“, berichteten sie ihm. „Alles andere aber ist zerstört und liegt in Schutt und Asche. Wenn Ihr mich fragt, Mylord, so sage ich Euch, dass ich nicht an ein Erdbeben als Ursache dieser Zerstörung glaube, sondern an etwas Gigantisches. Etwas, das unsere Vorstellungskraft übersteigt.“

„Was wollt Ihr mir damit sagen, Sir Ruven de Light?“, fragte der König streng. „Was noch Gigantischeres als eine Naturgewalt sollte es geben?“

„Mylord, ich spreche von Ungeheuern, Bestien, geflügelten Wesen, die Feuer zu speien imstande sind. Und diese Frau hier, obgleich sie taubstumm ist, wird es euch bestätigen.“

Wild gestikulierte sie mit ihren Armen, die sie zu Flügeln ausbreitete, indessen sie mit ihren Händen etwas aus ihrem Mund herauszuholen schien. Dann sah sie zum Himmel hinauf und hielt den verängstigten Jungen fest an sich gedrückt.

„Ihr wollt mir also allen Ernstes weismachen, dass Drachen dort ihr Unwesen treiben und auf Vernichtung sinnen?“, meinte der König ungläubig. „Eher glaube ich noch an eine mit einem Fluch belegte Waldhexe, die solches verursachte. Drachen, die dem Mythos zahlreicher unserer Legenden und Ammenmärchen entspringen, hat es schon seit Jahren nicht mehr gegeben“, schimpfte er und winkte ab, so als habe ein Nichtswürdiger ihm seine kostbare Zeit mit Unsinn ausgefüllt und damit gestohlen.

„Verzeiht mir, Eure Majestät. Es war nur so eine Idee, ein lächerlicher Gedanke“, beschwichtigte Sir Ruven de Light ihn und ging enttäuscht und in seiner Ehre verletzt mit einer würdevollen Drehung seines Ritterumhangs von dannen.

Der König aber besann sich und rief ihm nach. „Auf Euer Geheiß hin, Sir Ruven de Light, lasse ich alle Höhlen des Waldes durchsuchen, um den Verursacher dieses Grauens, einen Drachen, wie Ihr meint, ausfindig zu machen.“ Der Ritter horchte auf, machte kehrt und verneigte sich ritterlich vor seinem König.

„Seht Eure Majestät, was wir in den Wäldern gefunden haben.“ In ein weißes Leinentuch gehüllt kam eine hauchzarte, elfenartige Schönheit hervor, die mit ihren inneren Strahlen den Raum mit Licht erfüllte und die Gemüter der Menschen erhob. Gesenkten Hauptes trat sie vor den König. „Verzeiht mir, Eure Majestät, wenn ich Unrecht getan habe“, sagte sie mit ihrer sehr hohen, fein, vornehmen und wohlklingenden Stimme, die sie die Sympathie des Königs erlangen ließ.

„Was ist ihr vorzuwerfen?“, wollte er wissen und verlangte von seinen Söldnern, welche sie fest wie einen Strafverbrecher umschlungen hielten, sie freizulassen.

„Sie ist es, die verfluchte Prophetin, die Waldhexe, die Verbannte Marylands, die wir noch immer lebend in einer Höhle haben vorgefunden. Seht nur das Mal an ihrer Schulter, das man ihr mit einem glühenden Eisen hat versehen, um sie gebrandmarkt des Landes zu verweisen.“ Ruckartig grob zog man ihr das Gewand von der Schulter, auf dass der König das Zeichen auf ihrem entblößten Oberarm sehen konnte und auch die Narben, die sie davongetragen hatte. Sacht strich er darüber, fast ein wenig liebkosend, auf dass sie rasch wie angewidert davon ihre Schulter ihm entzog und sich vor allen Blicken schützend in ihren Umhang verbarg. Zofen der Königin traten nun hinzu und nahmen sie zu sich in ihren Schutz.

„Drei Jahre sind seit jenem Ereignis vergangen. Dass sie noch lebt, ist ein Wunder“, sagte er. Wieder musterte er sie mit ihrem tiefschwarzen Haar und der weißen Blässe, aus der sanft grüne Augen hervorsahen, die mehr vom Leben gesehen hatten, als es je Worte der Menschen zu fassen vermochten. Augen, die einfühlsam und doch streng sein konnten, vor allem aber um Verschonung baten. Fasziniert von ihrem Wesen und ihrer Schönheit, ließ er sie gehen. „Ich finde keine Schuld an ihr“, sagte der König.

Die Söldner aber erklärten, dass sie mit der Rothaarigen verbündet sei, die sich den Regeln der Gemeinschaft durch nonkonformes Verhalten entziehe und widersetze, indem sie glaube, eine Ritterin zu sein. „Sie sollten beide miteinander brennen“, rief einer der Umstehenden in die Menge hinein, indessen Erinya von innerem Schmerz erfüllt zusammenbrach. Tränen liefen ihr nun über die Wangen hinab, die sie sich mit dem Handrücken trocknete.

Dann trat Sir Ruven de Light, welcher dem Spektakel bisher ungerührt im Hintergrund zugesehen hatte, hinzu. „Verschont das arme Bauernmädchen“, rief er in die Menge hinein. „Sie ist eine Freundin meines Knappen und eine gute Söldnerin. Verschont sie beide, um Euer eigenes Seelenheil willen.“

Nachdenklich legte der König sein Haupt in seine Hände.

„Mein König, hört nicht auf ihn. Das können wir nicht tun. Das dürfen wir einfach nicht zulassen“, rief ihm einer der Gesandten, der zu des Königs Beratern zählte, entgegen und sah Erinya mit wutentbrannten Augen an. „Sie wird unser aller Unheil noch heraufbeschwören, wenn wir sie unbescholten gehen lassen. Bedenkt doch, sie steht mit Dämonen in Verbindung."

„Jawohl, jawohl", schrien die sie umstehenden Söldner.

Erinya aber schloss die Augen und blendete zu ihrem eigenen Schutz ihr Umfeld aus, sodass sie die Worte der Menschen nicht mehr hören konnte, die sie auf diese Weise weder erreichten noch verletzen konnten, um ihr verbale Gewalt zuzufügen. Abprallen ließ sie sie wie ein Ritterschild den Pfeil, das Schwert den Degen und der Stein den Regen, der ihn doch formte.

Der König aber sah all dies nicht, sondern nur die in sich gekehrte junge Frau, die um Fassung bemüht und um Atem rang. Mitleid überkam ihn nun, indessen er ihren Schmerz zu teilen schien und mit ihr fühlte. „Bringt sie in den Palast", befahl er gütig. „Und lasst ihr eine gute Behandlung durch die Zofen meiner Frau widerfahren. Sie soll ein Bad nehmen, gute Kleider erhalten und eine warme Mahlzeit bekommen."

„Aber, mein König, das können wir doch nicht tun!", riefen die Abgesandten ihm entgegen.

Der König aber ging nicht weiter darauf ein, sondern erhob drohend seinen Finger, um sie zu ermahnen. Dann bat er um Stillschweigen.

Die Verheißung I

An jenem Tag, da sich die Verheißung durch Erinya ankündigen sollte, war der Himmel von einer sanft, violetten Morgenröte und weißen Wolken durchzogen. In dessen Betrachtung versunken hörte Erinya die mit Eisen beschlagenen Schuhe der Söldner und Henkersknechte nicht, die auf steinernen Boden aufschlugen und dröhnend widerhallten. Erst als sie mit den Schlüsseln ihrer Zelle raschelten, nahm sie sie wahr.

Der Tag ihrer Hinrichtung, er war gekommen. Zu viel hatte sie gesagt. Zu viel vertraut in die Zofen des Königs. Und sich zuletzt einer Unterredung unterzogen, in welcher sich der Verdacht bestätigt und erhärtetet hatte, sodass sie erneut für schuldig befunden und zum Tode verurteilt worden war. Nun saß sie da, in ein stilles Gebet versunken, und sah, wie sich die erbarmungslosen Männer in schwarzen Gewändern und weit in das Gesicht hinein gezogenen Kapuzen ihr näherten. Unsanft wurde sie am Arm gepackt und in Ketten gelegt mit schweren Eisen, die um zart zierliche Handgelenke gewunden die Gewalt des ihr Bevorstehenden bekundeten.

Wortlos wurde sie abgeführt und auf den Marktplatz gebracht. Dann erfolgten schnelle, harsche Befehle, grobe Anweisungen der Henker, die sie zu befolgen hatte, in Kontrast zu ihrem Engelsgesang, den sie nun anhob, um sich selbst in Trance zu singen und hinfort an einen anderen Ort, eine andere Zeit, in eine bessere Welt zu träumen. Über den stillen noch menschenleeren Marktplatz hin zu einem Podest vor dem Palast des Königs, worauf ein Holzscheit auf den anderen gestapelt war, stand Erinya nun und meditierte zu ihrer eigenen Beruhigung hin, indessen die Henker von ihr verlangten, sich an einen Pfahl zu stellen und sich die Hände hinter ihrem Rücken binden zu lassen. Ohne sich zu wehren, ließ sie es geschehen und richtete den Blick gen Himmel. Dann wurde mit Trommeln auf das Ereignis aufmerksam gemacht, sodass sich der Platz allmählich mit schaulustigen Menschen füllte. Erinya hörte noch, wie ihr vorgeworfen wurde, eine Geisterseherin und Hexe zu sein, indessen ihr Herz raste und der Puls in ihren Ohren sie betäuben ließ. Sie sah nur noch, wie die umstehende Menge sie begaffte mit großen Augen und weit geöffneten Mündern. Auch sah sie ein wenig verschleiert, wie Mütter ihre Kinder verängstigt an sich drückten, so als ginge Gefahr von ihr aus, sodass Erinya weinte und sich und das Fleisch, dem sie angehörte, verfluchte. In ihrer Verzweiflung betete sie zu Gott und wünschte, er möge ihr einen schnellen Tod bereiten, indessen noch mehr und immer mehr Leute kamen. Manch einer schien Mitleid mit ihr zu haben, doch niemand erwiderte oder unternahm etwas gegen das Unvermeidliche, bis ein Bauer sich einfand, der einem Bettler von Gestalt und Gebaren glich und beim Anblick der jungen Frau aus vom Alter getrübten Augen und einem vom Leben gezeichneten Gesicht mit schiefen, verfaulten Zähnen und erhobener Mistgabel ausrief: „Muss des werklisch soi? Des is doch zu schad um des sche Mädsche."

„Jawohl", raunte schließlich auch die ihn Umstehenden, sodass sich ein wildes Stimmgewirr erhob. „Recht hat er. Der König soll sich Ihrer erbarmen. Nicht Gefahr, nicht Unheil, sondern Segen geht von ihr aus."

Die Henker aber schrien der Masse entgegen: „Sie ist eine Hexe. Eine Verbannte. Eine Verfluchte. Gefahr geht von ihr aus. Sie wird Unheil und Leid, vielleicht sogar die Pest über Maryland bringen, wenn wir sie verschonen. Auf Geheiß des Königs muss sie brennen, der sie des Mordes unschuldiger Kinder und Frauen bezichtigt und für die Zerstörung des Umlands von Maryland für schuldig erklärt."

Doch die Menge hörte nicht. Dann fuchtelte der Henker wild mit der Fackel um sich, bereit, den Holzscheit anzuzünden, indessen Erinyas Brustkorb sich wie wild hob und senkte. Sie bebte nun und schloss die Augen. Ein letztes Mal noch streckte sie ihre Finger aus, um den nun aufkommenden Wind zu fühlen, welcher mit ihrem dunklen Haar spielte und sie mit einer sanften Brise umfing, so als wolle er sie liebkosen, sie streicheln zum Trost.

Und plötzlich, noch ehe sie sich versah, hatte der Henker die Fackel auf das Holz fallen lassen, auf dass der Holzscheit war entfacht und Erinya von lodernd, züngelnden Flammen umgeben. Immer näher und näher rückten sie ihrem Leib, bereit, ihr das Fleisch zum Schmelzen zu bringen, sodass sie unzählige Tränen der Verzweiflung vergoss und gar zu wimmern begann, obgleich sie sich ermahnte, tapfer zu sein und gefasst, alles zu ertragen, um in Würde zu sterben. Dichter nun schmiegte sie sich an den Pfahl, indessen das Feuer bereits ihre Fußzehen versenkte, auf dass sie vor Schmerz einen grauenvollen Schrei ausstieß. Nun gab es keinen Ausweg und keine Rettung mehr. Noch einmal sah sie mit schmerzverzerrtem Gesicht zum Himmel hinauf, der wie verschlossen schien und ihre Gebete nicht erhörte.

Auch Melaine fand sich schließlich in der Menschenmenge ein, um die Ursache der allgemeinen Unruhe zu erkunden, wobei sie die Hinrichtungsszene und dann auch die Verurteilte sah, die schon halb brannte und in welcher sie zu ihrem Entsetzen Erinya erkannte. Von Panik erfüllt rannte sie ihr entgegen, ungeachtet der Massen der Menschen durch die sie sich mit wild wehendem Haar hindurchkämpfte – bis auf den Scheiterhaufen zu.

„Ergreift sie“, schrie schließlich einer der Söldner, der auf das Mädchen aufmerksam geworden war. „Sie ist mit der Hexe verbündet.“

Gewaltsam wurde Melaine gefasst, sogar bespuckt und unsanft zu Boden geworfen, bis Calisto sich einfand und schleunigst zu ihr eilte, um sie aufzuheben. „Habt Dank“, sagte sie und war erneut Erinya zugewandt, die Stoßgebete zum Himmel hinaufschickte und auf Errettung sann, während die Flammen bereits den Saum ihres Kleides entzündet hatten und mit ihm fast die ganze Frau in Brand gesteckt hätten, wäre nicht in eben diesem Moment der Himmel aufgegangen, um einen solchen Regenguss herniederzuschicken, der die unbarmherzigen Flammen besänftigte, sodass das Feuer zum Erlöschen kam und Erinya wie durch ein Wunder gerettet wurde. Ohnmächtig fiel sie zu Boden. Melaine kniete zu ihren Füßen, löste ihr die Fesseln und sah nach ihren Brandwunden, indessen Calisto die Söldner von Melaine fernhielt.

„Ihr seid errettet worden“, brachte Melaine unter Tränen der Freude hervor, die sie dem Himmel danken und Erinya in ihre Arme schließen ließ, welche noch immer nicht fassen konnte, was soeben mit ihr geschehen war. Erstaunt beobachtete sie, wie einige der Geistlichen sich bei ihr einfanden und ehrfürchtig am Sockel der Gemarterten stehen blieben. Zu Unrecht habe man sie für schuldig erklärt. Zu Unrecht bestraft, lautete nun das Urteil. Sie müsse begnadigt werden und Vergebung erhalten. Schließlich habe der Himmel selbst sie gerettet und es nicht zugelassen, dass ihr Unheil geschieht. So äußerten sich nun die Geistlichen gegenüber dem königlichen Gericht, das soeben den Henker zur Hellebarde schreiten ließ.

„Sie hat ausgesagt, dass ein Drachenkind komme, um ein Drachenkind mit der Menschheit zu versöhnen", erwiderten die Richter den Geistlichen sachlich nüchtern und kalt. „Dies sind nicht Worte einer Wahnsinnigen, die zu begnadigen nur eines Rechtsurteils bedarf, sondern die einer Hexe, die mit höheren Mächten, mit Dämonen gar in Verbindung steht."

„Falsch", erwiderte ein mutiger Geistlicher streng. „Es sind Worte einer Prophetin, einer Seherin, die Wahrheiten jenseits Eures Verstandes ausspricht, indem sie mit Gott in Verbindung steht."

„Wieder falsch", sagte Calisto. „Es sind Worte einer ganz normalen, einfach nur hochsensiblen Frau, die mehr zu spüren vermag als üblich. Und die zu sehen vermag, wie sich etwas in der Zukunft verhält, noch bevor es eingetreten ist, weil sie die Fähigkeit oder Gabe besitzt, einen noch dunklen, nicht deutlichen Sachverhalt gefühlsmäßig zu erfassen."

„Ihr sprecht klug mit einer Weisheit jenseits Eurer Tage", meinte einer der Abgesandten des Hohen Rats, der Calisto aufmerksam zugehört hatte. „Und dennoch sind ihre Worte verschlüsselt durch eine poetische Sprache, in die sie sie hüllt."

„Wohl wahr", meinte Calisto und blickte sich nach Erinya um, die Melaine noch immer versorgte. Mitleidig sah er sie an. „Eines Tages, wird es ihr vielleicht gelingen, sich Euch zu erklären. Oder aber Ihr werdet sehen und erkennen, was sie verkündet hat."

Der Abgesandte nickte und ließ sie gehen, ohne ein weiteres Wort zu verlieren, indessen er in die Akte *Hinrichtung vollzogen* schrieb und seinen Platz verließ. „Man kann ja sehen und es förmlich riechen, das verbrannte Fleisch. Schafft sie fort nach Magictown, wo solche Hexen wie sie hingehören", schimpfte er und verließ die Hinrichtungsstätte, während er zugleich den Hohen Rat auflöste und dem Henker befahl, heimzukehren.

Erinya fand schließlich Zuflucht bei einer alten, armen Hexe in Magictown, die bereit war, sie bei sich auf- und sich ihrer anzunehmen, da sie Gefallen an der jungen Frau fand. Denn sie erinnerte sie an ihr eigenes Schicksal, das sie vor Jahrhunderten hatte empfangen müssen. Nun fühlte sie sich durch Erinya wieder jung und lebendig. Auf diese Weise unterstützen sie sich gegenseitig und bewältigten von nun an gemeinsam den Alltag in der Einöde.

Erinya empfand es als Glück im Unglück und unternahm viele Spaziergänge und lange Wanderungen durch den Wald, was ihrer Gesundheit zugutekam. Dadurch hatte sie bald ganz Magictown durchstreift und erkundet. Still war es dort, stellte sie fest, und die Zauberer selbst ein ganz eigenes, sehr zurückgezogenes Völkchen, das ganz für sich und in sich abgeschlossen in seinen eigenen vier Wänden lebte und dort am zufriedensten war, anstatt Kontakt zu Gleichgesinnten zu pflegen und sich an der Gemeinschaft zu erfreuen. Sie alle schienen an Einsamkeit gewöhnt.

Umso erstaunter war Erinya, als sie eines Tages einem Geschöpf begegnete, das ihrem Wesen glich. Mit einem Buch unter dem Arm lief der junge Mann, der in einen langen, weiten Gehrock gekleidet war, weiter in den Wald hinein als sonst, ohne zu ahnen, was ihn dort hinführen oder erwarten sollte. An einer Lichtung angelangt, hielt er inne, um die frische Morgenluft einzuatmen. Dann legte er sein Buch ab und genoss das bloße Dasein in der Schönheit der Natur. Viel hatte er in dieser Woche gelernt. Viel gelesen und geschrieben und nach der Anstrengung nun eine Auszeit nötig. Von einer Brise des Windes erfasst, die sanft und sacht mit seinem schulterlangen kastanienbraunen Haar und offenen Mantel spielte, schloss er die Augen, breitete die Arme aus und spreizte die Finger, um den Wind hindurchgleiten zu lassen, indessen er gedankenverloren und wie in Trance versetzt vor sich hin summte, so als singe oder spreche er Worte in einer fremden Sprache, die einer Sphäre weit jenseits dieser angehören mussten.

Jonnef liebte die Natur und die Natur liebte ihn in seiner edlen Einfalt und stillen Größe. Eine geraume Zeit noch verweilte er in dieser Haltung, dann hörte er das Knacken eines Asts. Wähnte er sich doch allein und unbeobachtet, so verspürte er nun Blicke in seinem Rücken und konnte das Rascheln von Blättern hinter sich im Gebüsch vernehmen, das ihm die Anwesenheit eines weiteren Wesens verriet. Ruckartig wendete er sich und sah in das Antlitz einer hauchzarten Elfe, die ihn beobachtet hatte, wie er unbeobachtet sich wähnte. Dann traf sich ihr Blick – und wie ein Blitz sein Herz, was es für einen Augenblick anhalten, erstarren, dann hüpfen ließ. Erinya, ebenso ergriffen und beschämt über sich selbst, wich seinem Blick aus, der sie ertappte, und geriet in Panik. Wie ein aufgescheuchtes Reh ergriff sie die Flucht und eilte davon, indessen Jonnef noch immer regungslos dastand und in sich hineinlächelte.

Nachdem Erinya zurück in ihrer kargen Behausung angelangt war, setzte sie sich erst einmal, noch immer ergriffen von jenem Augenblick, um nichts zu tun, als zu reflektieren, was ihr soeben widerfahren war. Um das Erlebte zu verarbeiten, griff sie nach einem Stift und einem Stück Pergament. Von einer irgendwie romantischen Stimmung erfasst, schrieb sie ein Gedicht, das ihr aus der Seele sprach und sie allein dem Palladium ihres Herzens angehören ließ:

Seelenverwandt

Ich sah Dich und war Dir nah,
obgleich fremd Du mir doch warst,
Dich, um dessen Gestalt eine mich anziehende Macht schwebte.
Und ich folgte, ob ich wollte oder nicht.
So traf ich Dich, schicksalhaft,
und so Du mich und warst ergriffen.

Deinen Worten faszinierend lauschend,
Deinen Schritten folgend,
fand ich mich, im heimlichen Beobachten Deines anmutig
würdevollen Gebarens, weil Du warst wie ich.

Du Mensch, mit meinen Gedanken,
Du Mensch, mit meinem Lebensgefühl,
Du Mensch, mein Seelenverwandter.
Wo immer Du auch bist, Du lebst in mir,
Und ich womöglich auch in Dir.

Abermals begab sich Dragon Feu nach Churchtown, um die Alten Schriften und Schiefertafeln zu studieren, die ihm bereits von Pater Benedetus ausgelegt worden waren.

„Habt Dank, Pater Benedetus“, sagte Dragon Feu und wollte sich zurückziehen, doch der Geistliche blieb stehen. „Da ist noch etwas, Meister Dragon Feu, auf dass ich Euch aufmerksam machen möchte. Es geht die Rede davon, dass sich eine Prophetin, die Verbannte Marylands, in Magictown eingefunden hat, die vom Kommen der Verheißung der Alten Schriften durch den Verheißenden spricht.“

„Mir ist noch nichts dergleichen zu Ohren gekommen“, meinte Dragon Feu gelassen. „Weder Jonnef noch ich haben bisher etwas bemerkt.“

„Sie lebt äußerst zurückgezogen. Jedoch ist ganz Maryland seither in Aufruhr versetzt und die Bevölkerung in Unruhe geraten.“

„Ich sehe keine Gefahr von ihr ausgehen, doch sollte etwas Ungewöhnliches geschehen, so werde ich Euch in Kenntnis setzen. Und nun habe ich intensiv zu studieren.“ Pater Benedetus dankte und zog sich zurück.

Mit den Büchern nun allein gelassen, studierte Dragon Feu ganze drei Tage und Nächte lang, indem er die Alten Schriften in Gestalt von Legenden und Sagen auf die Verheißung eines Drachenkinds hin analysierte. Tief über den Büchern gebeugt, blätterte er Seite um Seite um und schrieb Stellen heraus, die ihm wichtig erschienen. Ganze Passagen hatte er zum Teil bereits erfasst und das Pergament bis zum Rand hin mit dunkler Tinte beschrieben, um keinen Platz zu verschwenden. Und dennoch stapelte sich das Pergament, indessen er Raum und Zeit vergaß und sein Umfeld gänzlich ausblendete. Dann hatte er all das Wissen aufgenommen, das er brauchte, und in sich verinnerlicht. Noch einmal besah er das Pergament, das er nun in Anbetracht des Ungestüms seines Geistes in eine bestimmte Ordnung brachte und entsprechend nummerierte, wobei er wieder wie verzweifelt nach etwas Bestimmtem zu suchen schien. Eine Frage, die sich ihm indessen aufgetan und ihm keine Ruhe mehr gelassen hatte, auf die er jedoch keine Antwort fand, während die stille Kerze niederbrannte und ihm die Augen trüb machte, bis sein Geist nach Erholung verlangte. Doch er gestattete es sich nicht. Beharrlich suchte er in den Schriften nach dem, was er doch nicht fand, bis die Natur ihren Tribut verlangte und er erschöpft über den Schriften gebeugt einschlief.

Am nächsten Morgen von dem lieblichen Gezwitscher eines Vogels und von einem sanften Sonnenstrahl geweckt, stellte er fest, dass er doch eingeschlafen war. „Sind wir denn doch eingeschlafen", grummelte er streng sich selbst ermahnend und rieb sich den Schlaf aus den Augen. Mühselig erhob er sich, um all seine Schriften und Aufzeichnungen, die er den Büchern entnommen hatte, zu betrachten und war doch nicht gänzlich unzufrieden damit. Wieder etwas besonnener lief er zum Fenster hin und öffnete es, um den jungen Tag zu begrüßen, gefolgt von einer Windbrise, die er in seine Gelehrtenstuben einließ und sie in langen, kräftigen, wohltuenden Zügen ein- und wieder ausatmete. Dann gesellte sich ein Rotkehlchen zu ihm, das sich auf seinen Finger setze, den er ihm ausgestreckt hinhielt, und das er zu sich in seine Gelehrtenstube hereinholte, wo sich nun ein Hauch von Leben regte, um das Vögelchen dann wieder munter zwitschernd davonfliegen zu lassen.

Sich nun wieder der Kostbarkeit eines jeden Augenblicks bewusst, ließ er die quälende Frage in sich ruhen und gedachte seines Zauberlehrlings Jonnef, den er allein zurückgelassen hatte und welcher nun schon mehr als drei Tage auf sich gestellt gewesen war. Erschrocken darüber fiel ihm auf, dass es Jonnef war, den er im Grunde genommen studiert und in den Büchern vorgefunden hatte. Ihm schauderte bei dem Gedanken. Sollte Jonnef wirklich der Verheißende, der Ausersehene sein? Und doch konnte es möglich sein. Darum fragte er sich nun, ob er ihn denn wirklich kannte? Doch alles, was die Schriften über das Drachenkind sagten, stimmte mit dem überein, was er von Jonnef erfahren hatte. Und wie er ihn erlebt, entsprach ganz den Vorstellungen der Legenden. Alles war wahr, einfach wahr, auch die Schiefertafeln, deren Runen mit den Abschriften in den Büchern übereinstimmten. Nur an einer Stelle hatte er innegehalten. Ein Wort, das zweifach, ja sogar mehrfach zu verstehen war und, auf die eine oder andere Weise ausgelegt, völlig Entgegengesetztes meinte und damit ganz Unterschiedliches bedeuten konnte. Verstanden als solches, sagte es jenes. Verstanden als jenes, meinte es solches, infolgedessen war er sich der Bedeutung wirklich ungewiss.

Das nun war die Frage, die ihm keine Ruhe mehr ließ und gänzlich verschlüsselt bleiben sollte, denn sie war für die Zukunft bestimmt und sollte sich erst später offenbaren, um in Erfüllung zu gehen. „Sie wird sich mir von selbst erklären“, sagte er sich nun und schloss die Bücher, da die Zukunft allein ihm zur Erkenntnis gereichen würde, worüber er sich ein wenig beruhigte.

Ausgelassen in wildem Jagdgalopp ritten Calisto und Jonnef durch das hohe Gras der Felder bis hinein in den Wald, wo Jonnef von Calisto jubelnd eingeholt wurde. Vor einer Woche erst war ihm die Schwertleite erteilt worden und damit auch der Ritterschlag, sodass die beiden Freunde nun ihrer Freude Ausdruck verliehen, indem sie die Pferde bis zu ihrer Erschöpfung hin rennen ließen, um sich dann in das hohe Gras fallen zu lassen, wo sie mit dem Rücken obenauf, liegen blieben und in den Himmel hinauf schauten, bis sich ihr Atem wieder gelegt hatte. Zufrieden schnaubten die Pferde. Sie grasten friedlich neben ihnen. Darüber ein Apfelbaum, durch dessen Blätterdach die güldenen Strahlen der Sonne schienen, währenddessen in der Ferne das Murmeln einer Quelle und das sanfte Rauschen eines Bachs zu vernehmen war. Singvögel flogen über sie hinweg und zwitscherten in ihrer Freude über den warmen Frühlingstag.

Calisto lächelte und meinte, sie würden so lieblich wie Waldelben singen, die jedoch nur der Dichtkunst entsprangen. Jonnef aber verneinte dies und berichtete ihm von seinem kürzlichen Erlebnis mit einer solchen. Calisto jedoch hörte nicht recht hin. Er lachte nur darüber und glaubte, Jonnef würde scherzen. Jonnef aber wusste mehr und schwieg. Er strahlte in sich hinein und dann lächelnd zum Himmel hinauf.

Ruhe war nun eingekehrt und eine solche Stille unter ihnen, die den Klängen der Natur Raum verschaffte. Doch dann durchzog etwas die friedliche Idylle. Etwas, das den Erdboden erbeben ließ und die jungen Männer furchtsam machte.

„Jonnef, was war das?“, fragte Calisto.

„Ich weiß es nicht. Eine Erschütterung. Ein Beben gefolgt von einem Aufschrei. Eine recht unübliche Erscheinung hier in Magictown.“ Jonnef spürte in sich hinein und fühlte deutlich den Schrecken. Dann geriet er in Trance und war wie von einer fremden Macht eingenommen. Ganz intuitiv, beinahe bewusstlos ritt der junge Zauberer kurz darauf der Quelle des Unfriedens entgegen. Calisto versuchte, ihn noch mit aller Macht zurückzuhalten, doch es war zwecklos, Jonnef hörte ihn nicht.

Wie gebannt war Jonnef und folgte stur der unsichtbaren Kraft und war durch nichts und niemand aufzuhalten. Bald galoppierte er besinnungslos davon und Calisto ihm hinterher, indessen das Beben an Stärke zunahm. Noch immer versuchte der Freund, Jonnef davon abzuhalten und von der Gefährlichkeit seines Vorhabens zu überzeugen, aber nichts half. „Jonnef! Jonnef, was hast du vor? Ich bitte dich, komm zurück. Komm zur Besinnung! Das ist doch Unsinn. Das ist unvernünftig. Das ist Wahnsinn, was du da tust.“ Calisto ließ nicht nach, bis er erkannte oder vielmehr einsah, dass all seine gut gemeinten Warnungen fehlschlugen und nicht bei Jonnef ankamen. Schließlich zügelte er sein Pferd und blieb stehen. „Was können wir schon dagegen ausrichten?“, sagte er zu Ayalla und streichelte ihr den Hals. „Nichts, Jonnef, nichts was dich aufhält!“, flüsterte er in seiner Verzweiflung und überließ seinen Freund der fremden Macht.

Schließlich kam Jonnef an einer Höhle an und vernahm wieder dieses Geräusch und ein Beben, sodass sein Pferd vor Panik scheute und davonlief. Jonnef aber blieb unbeeindruckt und näherte sich der Höhle kühn, aus welcher nun dichte Nebelschwarten zogen, die ihm die Sicht erschwerten, sodass er sich die Hände vor das Gesicht halten musste. Und dann stand er, ohne es zu wissen, an eben jener Stelle, wo sich einst Richard und Rubeus eingefunden hatten. Jonnef hielt inne und hörte eine Stimme in sich sagen: „Auch in deinen

Venen fließt das seine Blut und dieselbe Schwäche, der Gier zu verfallen." Worte, die ihn aufhorchen ließen und die wie ein Echo in ihm widerhallten. Krampfhaft hielt er sich die Hände auf die Ohren und schleuderte den Kopf, in dem es unerträglich dröhnte, gegen die Wand, sodass er etwas unsacht aufkam und die Worte in ihm verebbten.

Dann rief er in die Höhle hinein: „Nicht Richard Deboskos bin ich, sondern Jonnef. Jonnef, das Drachenkind. Und ich bedarf des Drachenkinds, um mich mit ihm zu versöhnen, da Unrecht ihm ist widerfahren durch meine Ahnen. Zu Unrecht hat es gelitten. Doch nun ist es an der Zeit, die Vergangenheit sein zu lassen, von der Rache Abstand zu nehmen, um einander mit Verständnis und Augen der Liebe zu begegnen."

Gesteinsbrocken lösten sich, die ihn fast erschlagen hätten, wäre er nicht noch schnell in eine Nische der Höhle hineingekrochen. Dann legte sich das Beben und Jonnef bemerkte, dass er eingeschlossen war. Immer bedrohlicher erschien ihm die Höhle. Er fand einen Ausweg und nahm nun Esdracollum zur Hand. Mit erhobenem Schwert ging er voran, ohne zu ahnen, dass Esdracollum, das Drachenschwert, das einst in der Wunde dessen gesteckt hatte, eine große Macht auf die Höhle ausübte, sodass die Wände in Schwingung gerieten, wobei Jonnef zu stolpern und zu fallen drohte. Abermals schien er nicht Herr seiner Sinne und Kräfte zu sein, sodass er beschloss, ruhig am Boden zu verharren, bis alles sich etwas beruhigt hatte und der Schwindel vorübergegangen war.

Erst dann stand er auf und bemerkte, wie die Höhlenwände das Schwert umfingen und erneut in Schwingung gerieten. Wie ein Magnet war das Schwert, das sich nun von selbst in seiner Hand bewegte und zu summen begann. Ein Summen, das die Wände wiedergaben und, wie eine Klangschale, die in Schwingung versetzt war, erschallen ließen. Obgleich fasziniert davon und wie gebannt, erschrak Jonnef, als er den Auslöser dessen in Esdracollum fand, nachdem er es in sein Gewand gesteckt hatte und die Höhle sich zu beruhigen schien. Nun konnte er unbeschwert weitergehen. Dennoch verfluchte er sich und das Schwert. Wieso nur hatte er es ausgerechnet heute mitgenommen, anstatt es sicher verwahrt in der

Truhe bei Dragon Feu zu lassen, wie der Magier ihm stets empfahl. Aus reinem Übermut war es geschehen, herausgeholt, nur um sich mit ihm an der Seite stark zu fühlen und heroisch wie ein Ritter, um es Calisto gleichzutun. Doch nun musste er erkennen, dass er das Schwert eindeutig unterschätzt hatte. Denn es schien ein Eigenleben zu besitzen und womöglich auch unbewusst auf ihn einzuwirken. Vielleicht hatte es ihn sogar beeinflusst, es genau heute hervorzuholen, sodass er nicht einmal etwas dafür konnte, weil es eine schicksalhafte Fügung war, die solches zu tun von ihm verlangte. Jonnef seufzte. Nicht sein, sondern der Wille Esdracollums war es, der von ihm verlangt hatte, es freizusetzen, um sich nützlich zu erweisen.

Erneut erhob sich ein Klang von den Wänden her kommend, der wieder, und diesmal noch stärker, auf Jonnefs Körper einwirkte. Doch statt ihn in die Knie zu zwingen und ihm Schmerzen zuzufügen, war es nun eine wohlmeinende, gute Kraft, die positiv wirkte, ihn wärmte und liebevoll wie ein Segen umfing, sodass ihm das Weitergehen keine Schwierigkeiten mehr bereitete. Dennoch war Jonnef vorsichtig und auf alles gefasst. Schließlich bewegte er sich in einem Umfeld, das ihm feindlich gesinnt war. Kochend heiße Quellen kamen nun sprudelnd aus dem Untergrund hervor, die diese angenehme Wärme verursachten und zu Tümpeln sich ausbildeten, wo sie Blasen schlugen. Dann gerieten sie wieder in Bewegungen und rauschten wie Bäche. Jonnef umging sie vorsichtig. Schließlich erreichte er eine Nische mit einem Riss im Gestein, der blitzartig zulief und ihn faszinierte. Er betrachtete ihn genauer, sah hindurch – und dann das Unfassbare! Vor ihm lag das Drachenkind, das der Welt wie entrückt in einer Art Schlummer sich befand.

Jonnef traute seinen Augen nicht. Vor Schreck trat er zurück und stieß mit dem Rücken hart an die Felswand an, die ihm versicherte, dass er nicht tagträumte noch sonst irgendwelchen Halluzination ausgeliefert war, sondern wach und am Leben – vor ihm das Drachenkind, real.

Noch einmal sah er durch den Riss hindurch und erblickte das Drachenkind friedlich ruhend, irgendeiner Melodie der Wände lauschend. Regungslos stand Jonnef da, in beinahe andächtiger

Betrachtung dieses Wesens versunken, das mit seiner geschuppten Haut, den Flügeln und dem stachelversehenen Leib ganz seiner Vorstellung von einem Drachen entsprach. Gelassen leckte es an einer Wunde, die es vor Jahrhunderten hatte empfangen und die mittlerweile zu einer Narbe verheilt war. Einer Narbe, die nur äußerlich den Schmerz bedeckte, nicht aber den inneren, der tiefer saß, als jede Wunde sitzen konnte. Nun erhob sich der Drache und setzte eine kraftvolle Tatze nach der anderen auf, wobei der Erdboden unter dem tonnenschweren Gewicht in Erschütterung geriet.

Jonnef staunte und bewunderte den Drachen zugleich, wobei er nicht bemerkte, wie Esdracollum von der Spitze bis zum Knauf hin glühte und sogar zu glimmen begann. Reflexartig ließ Jonnef das Schwert fallen, sodass es klirrend auf hartem Gestein aufschlug und das Drachenkind aufschrecken ließ. Schon einmal hatte es diesen Klang vernommen. Doch das gehörte einer langen schmerzhaften Vergangenheit an, die mit einem Mal heraufbeschworen wurde. Jonnef hielt den Atem an, indessen das Drachenkind den Eindringling ausfindig zu machen suchte. Mit feurig schwarzen Augen sah es um sich und schnüffelte mit seinen Fühlern und langen Tasthaaren nach allen Seiten um sich hin.

Der junge Zauberer war wie zu Stein erstarrt und hielt sich die Hand vor Mund und Nase, um seinen Atem zu ersticken, indessen ihn sein Herz verriet, das laut und wild pochte und sich nicht mehr beruhigen wollte.

Wieder und wieder blickte das Drachenkind um sich und fand doch nichts, was es erschreckt hatte. Sein Rumpf, mit Stacheln versetzt, kam Jonnef nun gefährlich nahe. Fester noch drückte sich Jonnef an das Gestein und versuchte, sich unsichtbar zu machen. Er ermahnte sich, ruhig zu bleiben und der allzu großen Nervosität Einhalt zu gebieten, die sich seiner nun bemächtigte. Und trotzdem ließen sich das Schlottern der Beine sowie der kräftige Pulsschlag seines Herzens nicht verhindern. Früher oder später würde ihn der Drache entdecken und mit seinen feinen Fühlern ausfindig machen. Es war nur eine Frage der Zeit, das wusste Jonnef und auch, dass es sich nicht verhindern ließ. Dicht an ihm war nun der Panzer des Drachen, der ihn an den seines Großvaters erinnern ließ, den er einst vom Speicher hatte heruntergeholt. Mit eben diesem Panzer, dicht an dicht gedrängt, fühlte er sein letztes Stündlein schlagen und kniff die Augen zusammen, um in eine andere Bewusstseinssphäre zu gelangen, in welcher ihm der Tod nichts mehr anhaben konnte.

Seltsamerweise jedoch bemerkte der Drache ihn nicht. Wie blind lief er an Jonnef vorbei mit seinen langen, feinen Fühlern, die den jungen Mann nicht wahrzunehmen schienen. Doch dann stand er vor ihm, von Angesicht zu Angesicht, wobei er in den Blicken des Drachen die seinen sah. Ein Spiegel schien ihm vorgehalten, sodass Jonnef erschauderte. Ihm wurde bewusst, dass es ein Ungeheuer war, dem er sich verbunden fühlte, und dass dieses Ungeheuer vielleicht gar nicht so ungeheuerlich war, wie er anfangs gemeint hatte.

Doch dann entdeckte der Drache das Schwert und fühlte sich angegriffen und meinte, sich verteidigen zu müssen. Er bäumte sich auf und schlug mit der stachelbesetzen Schwanzspitze um sich, indessen sich sein Rumpf mit Feuer füllte. Doch noch bevor er die Glut in all ihrer Gewalt auf Jonnef zu speien imstande war, öffnete dieser die Hände halbmondförmig und gedachte der Worte Dragon Feus.

„Feurio Sibisko“, rief er aus und hervor kamen gewaltige Wassertropfen, die aus seinen Adern über seine Handflächen und aus seinen Fingerspitzen hinweg entstiegen und hin zu dem Drachen strömten, wo sie mit der Feuerglut rangen. Jonnef hatte mächtig zu kämpfen, bis die Wassertropfen die Feuersbrunst ausgelöscht hatten.

Stutzig stand der Drache nun da und blickte verwundert und fragend wie ein Kind umher und fast hilflos in sich hinein. Obgleich Jonnef dem Drachen nun schutzlos gegenüberstand, erkannte er, wie verletzlich der Drache doch war. Denn er war genauso sensibel wie er selbst – friedlich, sanft und still von Natur. Nur eine negative, ihn traumatisierende Erfahrung hatte ihn ängstlich, unruhig und wütend gemacht. Mitleid überkam Jonnef. Der Drache, er erschien ihm nun gar nicht mehr so bedrohlich, wie anfangs geglaubt.

All seinen Mut nahm er nun zusammen, dann streifte er seine Finger über die schuppige Haut seines Gegenübers, die zu streicheln fast unmöglich schien und dennoch fähig war, eine Berührung wahrzunehmen. Kurz war der Drache aufgeschreckt angesichts der fremden Macht, die sanft und sacht über seinen Panzer strich und ihm wohltat. Dann jedoch genoss er die Zuwendung, ließ es geschehen und begann, wie eine Katze zu schnurren. Ein ohrenbetäubendes Geräusch für Jonnef. Doch er ertrug es und blieb neben ihm stehen. Ungläubig sah ihn der Drache an. Der junge Mann aber hatte keine Angst. Denn er wusste, dass ihm der Drache nun nichts mehr zufügen würde, dass er zu ihm gehörte und mit ihm verbunden war durch ein unzertrennliches, unsichtbares Band der Natur.

Ganz friedlich, in sich ruhend, beinahe wie abwesend stand Jonnef nun neben seinem Drachen und tat ihm einfach nur gut. Vorsichtig beschnupperte der Drache das fremdartige Wesen und fasste allmählich Vertrauen. Jonnef blieb noch eine Weile bei seinem Drachen stehen, dann verschwand er in Richtung des Höhlenausgangs.

Erschöpft ließ er sich in das hohe Gras sinken, wo einst auch Richard Deboskos gelegen hatte, und das von Drachenblut unbefleckte Schwert fallen.

Der Drachenreiter

Wie lange Jonnef auf diese Weise im hohen Gras gelegen hatte, konnte Calisto nicht sagen, als er ihn, um den er mehr als besorgt war, bewusstlos liegen fand – mit völlig durchlöchertem Gewand und Brandwunden in seinem Gesicht. Vorsichtig, ganz vorsichtig hob er ihn hoch und setzte ihn auf Ayalla, indessen er Jonnefs Pferd Tschasiro am langen Zügel führte. Dann ritt er im Trab mit ihm davon, zurück nach Magictown, wo Dragon Feu sie schon erwartete.

Geschwächt und sichtlich mitgenommen von dem Erlebnis mit dem Drachen befand sich Jonnef nun in der Hütte Meister Dragon Feus, umsorgt von Calisto, der Salben auf seine Wunden strich und ihm die Stirn befühlte, die von schweren Fieberschüben wie zu kochen schien. Auch Krämpfe bemächtigten sich seiner, die ihn unruhig hin und her wälzen ließen. In einer Art von Umnachtung stammelte er etwas von einem Kampf mit einem Ungeheuer, einem Tier, das mit spitzen Stacheln versehen und mit Feuerglut wütete. Immer wieder sah er in seinen Fieberträumen dieses Auge des Tieres. Ein Auge, das seinem glich und sich tief in sein Herz eingebrannt hatte. Immer wieder stammelte er etwas, das Dragon Feu einfach nicht verstand. Deshalb verlangte er von Calisto nach einer Erklärung, um Aufschluss über Jonnefs seltsamen Zustand zu erhalten.

Was genau auf dem Ritt vorgefallen sei, wollte er wissen, wobei Calisto in Erklärungsnot geriet. Denn auch er konnte nicht mehr sagen als das, was Dragon Feu schon wusste. Mit den Pferden seien sie ausgeritten und hatten ein Wettrennen veranstaltet. Schließlich seien sie von einem Beben der Erde überrascht worden und Jonnef sei losgezogen, um dessen Ursache zu erkunden. Wie besessen sei er davongeritten und er, Calisto, unfähig gewesen, ihn aufzuhalten. Nachgeritten sei er ihm bis zu einer Höhle hin, an der er Halt gemacht hatte und in der Jonnef verschwunden war, bis er ihn schließlich im hohen Gras liegend vorgefunden hatte. Calisto zögerte, dann gestand er zu seiner Schande, dass es ihm nicht gelungen sei, ebensolchen Mut aufzubringen, um Jonnef in die Höhle hinein zu verfolgen. Stattdessen habe er an einem Bachlauf gesessen, das Schwert geschliffen und auf Jonnefs Rückkehr gewartet, bis in den späten Nachmittag hinein.

Noch einmal befühlte er mit dem Handrücken Jonnefs Wange und träufelte ihm Wasser über die Stirn. Dann berichtete er weiter. Wie ein Halbtoter sei Jonnef da gelegen und schwer nur auf das Pferd gebracht, das sie beide sicher zu ihm hin, zurück nach Magictown geführt hatte. Jonnef fröstelte und zitterte nun am ganzen Leib. Fürsorglich reichte ihm Calisto mehrere Decken und hüllte ihn sacht darin ein. Erneut betrachtete er die Brandwunden in Jonnefs Gesicht und dann das Schwert Esdracollum, das seelenruhig neben ihm lag und nun Calistos ganze Aufmerksamkeit für sich einnahm. „Er hat es die ganze Zeit über in der Hand gehalten und nicht mehr losgelassen." Das wurde ihm nun bewusst. „Selbst als ich ihn auf das Pferd gehoben habe, hat er es trotz seines geschwächten Zustands festgehalten." Calisto schien entsetzt und ebenso Dragon Feu, als er es erfuhr.

„Schafft es weg! Zurück in seine Truhe", befahl er streng.

Calisto gehorchte und schloss es ein. Dann sagte er mehr ahnend, als wissend: „Es hat ihn zu ihm geführt. Jonnef muss mit irgendetwas in der Höhle gerungen haben. Ich glaube fast, er hat mit einem Drachen gekämpft."

Der Magier horchte auf und brummelte etwas Unverständliches in seinen Bart. Dann sah er Calisto vielsagend an und blickte hin zu Jonnef und die vielen geschwärzten Löcher in seinem Gewand, die Calisto sich zu flicken bereit erklärte.

Wieder erwachte Jonnef aus schweren Fieberschüben und Träumen. Unruhig wälzte er sich nun wieder hin und her, dann schrie er auf vor Schmerz.

„Meister Dragon Feu, bei allem Respekt vor eurer Zauberkunst, Ihr müsst einen Arzt holen. Denn hier reicht sie nicht mehr aus", riet ihm der junge Ritter.

Aber der Zauberer blieb uneinsichtig. „Papperlapapp, mein Hokuspokus ist genauso gut wie die Kunst Eurer Mediziner, geschweige denn Barbiere", erwiderte er ihm beinahe schroff, wie beleidigt, weil angegriffen in seiner Kunst.

„Das mag ja sein, aber ein richtiger Medikus, der sollte doch etwas ausrichten können, meint Ihr nicht?" Calisto sah ihn beschwörend an und ängstlich hin zu Jonnef, der ihm mehr als leidtat.

„Vielleicht ein Arzt aus einer anderen Welt, die fortschrittlicher ist als die unsre", entgegnete ihm Dragon Feu nun etwas einsichtiger werdend.

„Eine Menschenwelt, die fortschrittlicher ist als die unsere?", fragte Calisto erstaunt.

„Oh, Ihr würdet erblassen", meinte der Magier und schwieg.

Calisto aber wurde unruhig und wollte mehr davon erfahren. Dragon Feu jedoch weigerte sich. „Gibt es denn eine Möglichkeit, sie zu sehen, Meister Dragon Feu? Ich möchte sie mit eigenen Augen gesehen haben."

„Nichts für ungut, Calisto. Ihr würdet nur zurückgeblieben Euch vorkommen, Entartung vorfinden und Traurigkeit dabei empfinden. Lebt nur stets Eure ritterlichen Werte fort, dem Traum von einem edlen Menschen. Denn Fortschritt ist nicht immer gleich Fortschritt. Fortschritt bedeutet zwar Erleichterung, einen Mehrwert an Lebensqualität und Freude. Fortschritt kann aber auch Rückschritt sein. Auf jeden Fall geht er immer auch mit einem Verlust einher."

Gedankenverloren blickte der junge Ritter in die Ferne, ohne den Magier recht verstanden zu haben, indessen Jonnef keuchte, dann hustete, bald schrie. Denn wieder kam, einem Epileptiker gleich, ein Krampf nach dem anderen in ihm auf, bis es seinen Körper in einer ungelenken Haltung erstarren ließ.

Dragon Feu hielt ihn nun fest. „Jonnef, Jonnef, sieh mich an, alles ist gut", rief er ihm zu und reichte ihm die Hand.

„Meister Dragon Feu, Ihr müsst etwas dagegen tun!"

Schnell holte der Zauberer ein paar Kräuter, die er auf ein in Wasser getauchtes Tuch gab und auf Jonnefs Stirn auftrug, begleitet von einer Beschwörungsformel. Dann reichte er Calisto in Essig eingetauchte Wadenwickel, die er um Jonnefs Beine hüllte, um das Fieber zu senken. Mit einem Trichter wurde ihm schließlich Kräutertee gereicht, der ihn zurück ins Leben holen sollte.

Beruhigt schlief Jonnef ein und erwachte am nächsten Morgen wie neu geboren.

Nicht lange hatte er warten müssen, schon war Calisto an seiner Seite, um sich nach seinem Wohlergehen zu erkunden. „Hab Dank, Calisto. Es geht mir schon ein wenig besser." Seine Stimme war noch immer matt und leise und sein Zustand geschwächt. Um ihn besser hören zu können, rückte Calisto seinen Stuhl näher an Jonnefs Bettstätte heran. „Jonnef, was ist in der Höhle vorgefallen?", wollte er nun wissen.

Der Zauberlehrling aber schwieg. „Du würdest es mir sowieso nicht glauben", hauchte er schließlich und musste lange husten. Dann gab er sich einen Ruck und begann unter Anstrengung, ein wenig zu sprechen. „Ich habe es gesehen", flüsterte er.

„Was, Jonnef? Was?"

Jonnef schloss die Augen. „Das Drachenkind."

Calisto schluckte.

„Es hat friedlich zu einer Melodie von den Höhlenwänden her kommend geschlafen und sich ganz sacht die Wunde, die immer noch tief in ihm drin ist, geleckt. Eine Wunde, die ihm Richard Deboskos mit Esdracollum hat zugefügt. Doch es lebt, Calisto. Es lebt. Und es befindet sich mitten unter uns." Jonnef strahlte, indessen Calisto schwieg.

„Verstehst du denn nicht? Es lebt!", sagte Jonnef nun mit etwas kräftigerer Stimme, die seine Euphorie erkennen ließ. Hellauf begeistert schien er nun und darüber ganz aufgebracht.

Calisto aber konnte seine Freude nicht mit ihm teilen. „Oh, ich verstehe sehr gut", sagte Calisto schließlich und blieb unbewegt.

Jonnef aber richtete sich auf, um seiner Stimme noch mehr Gehör zu verleihen. „Mit seinen großen Fühlern ist das Drachenkind dicht an dicht an mir vorübergezogen, ohne mich zu bemerken. Dann hat es sich ruckartig umgedreht und direkt mir zugewandt. Solch eine Angst habe ich verspürt, als es schließlich seinen Rumpf mit Feuer hat angefüllt, bereit, Flammen auf mich zu speien. Gerade noch rechtzeitig habe ich die Flammen mit einem Feurio-Sibiskus-Zauber abgewehrt und zuletzt mich unsichtbar gemacht. Auf diese Weise gelang es mir, dem Ungeheuer zu entkommen." Wieder überkam

Jonnef ein Hustenanfall, der ihn in seiner Erzählung innezuhalten zwang, indes Calisto glaubte, er lausche einem Märchen, das nicht der Realität seiner Welt entsprang, sondern nun Jonnefs Fantasie als Ursache seiner Fieberträume.

„Und doch weiß ich, dass es kein Ungeheuer ist. Sanftmut schlummert in ihm und eine solche Verletzlichkeit, die es liebenswürdig macht“, versuchte Jonnef, ihm zu erklären.

„Nicht zuletzt ist es ein Ungeheuer“, erwiderte Calisto streng. „Ein Ungeheuer, das dich zu töten bereit gewesen ist.“

„Aber es geschah doch nur aus Notwehr, aus Angst, weil es sich zu verteidigen versuchte“, rechtfertigte sich Jonnef.

Calisto aber rollte mit den Augen. „Ganz gleich, aus welchen Gründen und Motiven heraus es geschah. Es ist und bleibt ein Drache, der eine Gefahr für jeden von uns darstellt und eine Herausforderung insbesondere für den, der sich ihm zu stellen wagt.“

„Ich habe direkt neben ihm gestanden und ihn streicheln können“, meinte Jonnef und strahlte lächelnd.

Calisto aber schüttelte den Kopf. „Hast du mir denn nicht zugehört?“

„Oh doch. Das Drachenkind und ich, wir verstehen uns. Ich kann es fühlen, weil seine Natur der meinen gleicht und mein Herz im Einklang mit dem seinen sich befindet, selbst wenn unser Geist verschieden ist.“ Wieder huschte dieses zarte, geheimnisvolle Lächeln über Jonnefs sonst so verschlossenes Gesicht, das seine Augen aufleuchten, gar strahlen ließ.

Ein Leuchten der Stille, in das Calisto nun blickte und ihn in seinem Unverständnis sagen ließ, dass ihm sei, als befinde er sich immer noch im Fieberwahn.

Worte, die Jonnef verletzten und auf den nüchternen Boden der Tatsachen zurückholten. Traurig blickte er zu Boden. „Weder im Fiebertraum habe ich gesprochen noch Unsinn gesagt, sondern das, was ich erlebte.“

Calisto blickte verlegen zu Boden, indessen Dragon Feu zur Tür hereinkam. „Jonnef, mein Jonnef“, sagte er und verschwand.

Die Sehnsucht des Drachenkinds jedoch nach dieser unbekannten Macht, die ihm so wohltat, war seither ungebrochen. Es veranlasste den Drachen schließlich dazu, seine Höhle zu verlassen und in das Tageslicht zu treten, wo es die Spur Jonnefs aufnahm. Eine Weile dauerte es noch, bis sich seine Augen an das helle Licht der Sonne gewöhnt hatten und sich der schuppig, raue Panzer, der an Nässe und Kälte sowie große Hitze gewöhnt war, an der warmen milden Luft erfreute. Mehr schwankend wankend, denn gehend, tapste das Drachenkind umher und breitete seine langen Flügel aus. So breit und lang, wie es sie noch nie zuvor ausgebreitet hatte. Dann hüpfte und flatterte der Drache wie ein junges Vogelkind, was ihm, dem großen, majestätischen Drachen ein durchaus groteskes Ansehen verlieh. Immer lebendiger und lebhaft wurde er nun, indessen der Erdboden unter seinen Sprüngen bebte. Zunehmend aber gewann der Drache an Leichtigkeit, bis er vom Erdboden abhob. Wie ein Adler flog er nun davon, elegant, graziös, majestätisch-erhaben bis in den Himmel hinauf, wo er in den Wolken schwebte, ohne zu bedenken, seine Geburtsstätte zurückgelassen zu haben, die er womöglich nie mehr wieder auffinden würde.

Immer weiter und höher flog das Drachenkind, vollführte Drehungen und Wendungen, bis es in den Wolken verschwand. Vor Aufregung und Freude röchelnd kam es schließlich wieder hervor, um im Sturzflug hinab gen Erdboden zu fliegen, wo es sacht landete.

Tagtäglich auf diese Weise flatternd hatte es bald seine Flugkunst vervollkommnet. Es genoss nun dieses neue Leben in den Lüften, bis es sich wider zurück in seine Höhle sehnte und auf dem Erdboden ankam.

Auf dem Weg dorthin, zurück zu seiner Geburtsstätte, traf er jedoch auf ein Dorf, aus dessen Hütten Rauch aufstieg, sodass der Drache auf Artgenossen zu treffen meinte und zu ihnen wollte, um sie zu begrüßen. Denn nie zuvor war ihm ein anderer Drache erschienen, außer seine Mutter, die die Höhle verlassend nie mehr wieder zu ihm zurückgekommen war.

Starr vor Schreck blieb der Drache nun stehen, als er nicht Artgenossen, sondern eine Siedlung an Menschen vorfand. Vor ihm ein kleines Kind, das ihn mit großen, unschuldigen Augen ansah und sich ihm unerschrocken näherte. Vorsichtig bewegte sich der Drache mit seinem von Stacheln besetzten Panzer auf das Kind zu und beschnupperte es. Furchtlos und besonnen streckte dieses seine kleine Hand nach ihm aus, berührte seine Nüstern und amüsierte sich über den Rauch, der aus des Drachens Nase und Maul aufstieg, ähnlich der Pfeife des Stammesältesten. Übermütig schnappte es nach ihm und der Drache nach einer baumelnden Quaste an der Kleidung des Kindes, mit der er spielte, was das Kind zu erfreuen schien und was es sich gefallen ließ. Schließlich lachte es sogar herzhaft auf und klatschte begeistert in die Hände, wobei weitere Kinder herbeikamen und sich um den Drachen scharrten.

Schließlich war eine ganze Kinderschar um den Drachen versammelt, die ohne Angst um ihn spielten, bis die Mutter eines der Kinder mit einem weiteren auf dem Arm aus der Hütte kam. Vor Schreck ließ sie den Weidenkorb fallen und rief sofort nach ihrem Mann. Dieser sah das Ungeheuer und griff, ohne zu zögern, nach seinem Speer, während er sofort weitere Männer des Stammes herbeirief, die sich um ihn und den Drachen aufstellten, um die Frauen und Kinder zu schützen. Mit wildem Kampfgeschrei und Drohgebärden näherten sie sich nun dem Drachen und bedrohten ihn mit spitzen Speeren, mit welchen sie zuckten, um ihn einzuschüchtern und fortzujagen, ohne zu erkennen, dass sie dadurch gerade das Gegenteil heraufbeschworen. Die Wut des Drachens riefen sie hervor, welcher sich angegriffen fühlte und verteidigen zu müssen meinte, was das Ungeheuer sich aufbäumen und nach den Speeren schnappen ließ. Schließlich von einer Lanzenspitze empfindlich getroffen, spie der Drache eine gewaltige Feuersbrunst aus, die das ganze Dorf vernichtete.

Jonnef, der seit der Begegnung in der Höhle ein Gespür für sein Drachenkind besaß und dunkel ahnte, dass etwas vorgefallen war, wünschte, zu ihm zu gehen. Wieder versuchte Calisto, ihn zurückzuhalten und vom Gegenteil zu überzeugen, da er erst kurz von seinem Krankenlager aufgestanden war. Doch nichts dergleichen half. Jonnef blieb stur, wie immer, wenn er von seiner Intuition geleitet, sich etwas in den Kopf gesetzt hatte, das es unbedingt und bedingungslos zu erreichen galt. „Calisto, ich muss zu ihm, etwas ist geschehen. Ich muss, ich kann nicht anders", versuchte er, dem Freund zu erklären, und ritt heimlich davon.

Auf dem Weg zur Höhle, am Ort des Schreckens angelangt, fand er in der Tat seinen Drachen – jedoch inmitten der Zerstörung. Ein Anblick, der Jonnef in die Knie zwang und am Boden verharren ließ. Wieder einer dieser Schwächeanfälle. Jonnef ermahnte sich, aufzustehen. Ganz langsam und behutsam lief er auf seinen Drachen zu, der wimmernd am Boden lag. An seinen Rumpf ein schlafendes Kind gelehnt, das verschont geblieben war und das der Drache zu beschützen schien. Sacht leckte er es mit seiner großen Zunge, indessen ihm Tränen in den Augen standen, wobei er nicht zu bemerken schien, wie Jonnef sich ihm näherte.

„Was hast du nur getan?", flüsterte Jonnef ihm zu, der noch immer an das Gute im Drachen glaubte und sich nicht getäuscht in ihm sehen wollte. „Sieh nur, was du angerichtet hast!", sagte er und Tränen liefen ihm die Wangen hinab.

Dann sah der Drache auf und erkannte in Jonnef den, nachdem er sehnsüchtig gesucht hatte. Er richtete sich auf und schien ihn begrüßen zu wollen, indem er ihm seinen Kopf hinhielt und an ihn drückte.

„Ist ja gut. Ist ja gut", flüsterte Jonnef und streichelte ihm das Haupt. Wehmütig und reuevoll sah ihn der Drache an, sodass es Jonnef stark zu Herzen ging. Einfühlsam, wie er war, fühlte er den seelischen Schmerz des Drachen, den er nun mit ihm zu teilen schien. „Du kannst nichts dafür, nicht wahr?", meinte Jonnef schließlich, der als Einziger den Drachen verstand und jegliches Verständnis für seine Schwächen hatte, weil es *sein* Drache war, der Vertrauen zu ihm gefasst hatte und den Jonnef insgeheim liebte.

Mit eingezogenem Genick begann der Drache nun zu winseln wie ein Welpe, den man zurechtgewiesen hatte, sodass Jonnef Mitleid überkam und ihn zu trösten begann, obgleich er Strafe und Verachtung verdient hatte.

Jonnef ließ schließlich den Drachen zurück und nahm das Kind auf seinen Arm, um es nach Maryland zu Meister Dragon Feu zu bringen, der, von dem Vorfall berichtet, eine Amme für es fand.

Dann wand er sich Jonnef zu, um ihm ins Gewissen zu sprechen. „Jonnef, hör mir zu. Der Drache bedeutet eine Gefahr für uns alle. Wer weiß, was er noch anrichten wird. Dies ist vielleicht nur der Vorgeschmack eines noch viel größeren Unglücks und Schreckens, den er verbreiten wird. Du musst dich von ihm lösen", ermahnte ihn Dragon Feu.

„Ich kann nicht", erwiderte ihm jedoch Jonnef. „Der Drache gehört zu mir. Er vertraut mir. Ich kann ihn beruhigen, besänftigen und sogar ein wenig beeinflussen. Vielleicht gelingt es mir ..."

„Was gelingt dir?", fragte Dragon Feu streng.

„Vielleicht gelingt es mir, ihn mit der Menschheit vertraut zu machen und beide Seiten miteinander zu versöhnen."

„Jonnef! Das ist ungeheuerlich. Weißt du überhaupt, was du da sprichst?"

„Nein", gestand Jonnef ihm, „aber was, wenn es mir gelingen sollte, die Menschen von der Gutherzigkeit des Drachenkinds zu überzeugen?"

Der Magier verdrehte die Augen und sah zur Decke hinauf. „Ich wüsste nicht, was für die Gutherzigkeit des Drachens spricht."

Mit diesem Argument entwaffnete er den jungen Zauberer. Jonnef schnaufte und zog sich schweigsam in seine Studierstube zurück, wo er weitere Zaubersprüche auswendig lernte, die ihm entweder beim Kampf mit dem Drachen oder aber mit den Menschen behilflich sein konnten, indessen Dragon Feu zur Beruhigung eine Pfeife rauchte.

„Jonnef, mein Jonnef", brummelte er immerzu in seinen dichten Bart hinein. „Ich sehe, mit dir wird sich die Prophezeiung noch erfüllen." Nachdenklich strich er sich über den Bart. Dann schrieb er in sein Tagebuch.

Die Verheißung, sie ist eingetreten, schon jetzt. Und der Verheißende auf seinem Weg dort hin.

Er hielt inne, blickte vom Pergament auf und sah aus dem Fenster hinaus, zum Himmel hoch, wo er den Lauf der Wolken beobachten konnte. „Dass ich das noch erleben darf. Dass ich das noch erleben darf", brummelte er in sich hinein und schüttelte das Haupt. „Das Leben, es ist doch eigenartig. Manchmal äußerst hart und ungerecht, doch wunderschön, ergreifend, wenn alles plötzlich einen Sinn ergibt, und zusammenfügt, was vorher unvereinbar schien. Es lässt Gerechtigkeit doch walten. Alles im Leben hat seine Bedeutung, alles einen Sinn. Eines Tages wirst du wissen, welchen."

Er schmunzelte und lächelte in sich hinein.

Um die Grenzen des Landes zu erkunden, begab sich Dragon Feu gemeinsam mit seinem Schüler tief in den Wald zu Magictown hinein, wo eine Hütte nach der anderen aus dem Gebüsch ragte und sich hin und wieder ein Zauberer zeigte, den Dragon Feu freundlich grüßte und ihm dabei seinen Schüler Jonnef vorstellte. Jonnef, der nie zuvor auch nur eine Menschenseele in Magictown gesehen hatte, ausgenommen der Waldelbe, schien darüber sehr erstaunt und erfreut zugleich. Fast hatte er geglaubt, allein mit Dragon Feu in Magictown zu hausen.

„Wir Zauberer leben äußerst zurückgezogen und ein jeder in seiner eigenen Welt", erklärte ihm der Meister mit einem leicht ironischen Unterton, als er die Irritation in Jonnefs Gesicht las.

Immer weiter ging es nun in den Wald hinein, wo es zunehmend düsterer, dunkler und geheimnisvoller wurde, sodass die Geräusche der Singvögel verebbten und selbst das Rascheln des Unterholzes zum Erliegen kam. Nicht einmal die Blätter unter ihren Füßen gaben einen Laut von sich, sodass Jonnef glaubte, in einem luftleeren Raum zu sein, der, wie von einer Glasglocke umgeben, sie von ihrem Umfeld trennte. Befremdet von dieser seltsamen Atmosphäre setzte Jonnef ganz sacht einen Fuß nach dem anderen auf und horchte still in sich hinein und nach draußen hinaus. Dragon Feu schien jedoch nicht weiter beunruhigt. Und so folgte Jonnef ihm ohne Angst und Scheu.

„Schau nur, wie schön die Maiglöckchen hier blühen", sagte er, da Jonnef diese lange und intensiv betrachtet hatte. Auch all die anderen Sträucher und Blüten, die Dragon Feu ihm allesamt mit Namen zu nennen vermochte, begutachtete er, wobei er feststellen musste, dass er seine Umwelt nie zuvor so genau wahrgenommen hatte und

Wertschätzung für sie empfand, wie in eben diesem Moment. Zu sehr war er immerzu mit sich selbst beschäftigt gewesen und um sich selbst gekreist, gefangen in seiner eigenen Welt und beflissen, seinen Verstand auszubilden, seinen Geist zu formen und sich selbst zu vervollkommnen, sodass er die Welt um sich herum oft völlig vergessen hatte. Deshalb machte ihn nun Dragon Feu darauf aufmerksam, in dem er ihn zugleich in die Waldkunde einführte. Doch dann vernahm er ein Geräusch aus der Ferne her kommend, das trotz der Abgeschiedenheit des Ortes dumpf zu ihnen drang.

„Was war das?“, wollte Jonnef wissen, doch Dragon Feu hatte keine Antwort. Dann sah er zum Himmel hinauf, wo er den Schatten erblickte, der soeben die Sonne verdunkelte, begleitet von einem Beben, das diesmal, viel gewaltiger als sonst, auch Dragon Feu furchtsam machte.

Jonnef aber erkannte es und beruhigte seinen Meister. „Es ist das Drachenkind, das uns naht“, sagte er und sah es nun in seiner majestätischen Gestalt auf sich zukommen.

Sofort richtete Dragon Feu sich auf und seinen Krummstab auf den Drachen hin, indessen er Jonnef befahl, dicht hinter ihn zu treten, wobei er mithilfe einer Zauberformel einen unsichtbaren Schutzschild um ihn und sich errichtete. Ungeachtet dessen rannte der Drache auf sie zu mit wildem Flügelschlag, so als ob er ihnen imponieren wollte. Dragon Feu versuchte, ihn darum mit seinem glühenden Krummstab abzuschrecken und weitere Magie zu ihrer Verteidigung hin auszusenden.

Doch noch bevor er handeln und damit die Aggression des Drachens heraufbeschwören konnte, bat Jonnef ihn, einzuhalten. „Seht Ihr denn nicht, dass er sich freut, uns zu sehen?“, meinte Jonnef hin zu seinem Meister.

Ungläubig musste Dragon Feu mit ansehen, wie Jonnef, der sonst so schüchtern und scheu, ängstlich in allem, sich zwischen ihn und den Drachen stellte. Dann näherte er sich dem Riesen und beruhigte ihn allein mit seiner Sanftmut und Güte.

„Um des Psaridos Willen“, stieß Dragon Feu aus, als er Jonnef das Ungeheuer begrüßen sah, das ihn sacht mit dem Kopf anstieß und zu streicheln aufforderte. Zufrieden gluckste es in sich hinein und führte schließlich seine Nüstern an Jonnefs Stirn, so als würde es ihn liebkosen wollen.

„Du hast mich gesucht, nicht wahr?", fragte Jonnef und streichelte unaufhörlich sein Drachenkind. „Kein Leid soll dir von mir geschehen, noch von anderen Menschen widerfahren, solange ich bei dir bin und lebe", flüsterte er ihm in gespitzte Ohren. „Nichts hast du von mir und ihnen zu befürchten, auf dass auch du auf sie acht gibst und ihnen kein Leid zufügst, hörst du?! Kein Unglück sollst du über sie bringen", ermahnte er seinen Drachen und fuhr ihm liebevoll über die Nüstern. Der Drache schnaubte so, als habe er verstanden.

Und dann wagte Jonnef das Unvorstellbare. Er nahm Anlauf und mit einem Mal saß er auf dem Rücken seines Drachens, welcher nun seine Flügel ausbreitete und sich mit ihm erhob. Staunend sah Dragon Feu ihm nach, wobei Bilder von einem auf einem Drachen reitenden Mann, die er einst in den Legenden hatte gesehen, in ihm hochkamen, sodass er wieder einmal unverständliche Worte in seinen Bart nuschelte. Worte, die den Alten Schriften angehörten und ganz offensichtlich Jonnef und seinem Drachen galten.

„Habt ihr den Schatten am Himmel auch gesehen?", fragte bald darauf einer den anderen. Sie verneinten und bejahten es zugleich, und glaubten, das Maryland dem Untergang nahe sei. Dragon Feu aber, der in letzter Zeit wieder auffallend schweigsam war, wusste mehr und versuchte, Sir Ruven de Light im brieflichen Kontakt zu verständigen, indessen er sich immer häufiger in seine Gelehrtenstube zurückzog, um über seinen Büchern gebeugt zu grübeln.

Noch immer beschäftigte ihn die völlig kryptisch gebliebene Stelle, die zu entschlüsseln ihm nicht gelang und ihn fast wahnsinnig machte. Sooft er sich ihr auch zuwendete, sie drehte und wendete, sie auseinandernahm und wieder zusammensetzte, um sie aus den verschiedensten Perspektiven heraus zu betrachten, blieb sie ihm verschlossen. Nein, sie wollte sich ihm einfach nicht offenbaren. Es fiel ihm schwer, dies zu akzeptieren, und noch viel mehr, einfach hinzunehmen, dass sie womöglich etwas mit seinem eigenen Schicksal zu tun haben könnte und er froh sein musste, sie weder zu erfahren noch zu verstehen, um seines eigenen Seelenheils willen und um der Zukunft des Drachenkinds wegen, welche sonst durch ihn hätte beeinflusst werden können und sicher einen anderen Verlauf nehmen würde als vorgesehen.

Während Dragon Feu solches sann, flog Jonnef mit seinem Drachen über Berge, Wälder und Täler hinweg, über Seen und Meere und sogar Schluchten, ohne dass es für Jonnef je gefährlich werden konnte, denn der Drache schien auf ihn aufzupassen, indem er sein Gewicht und all seine Bewegungen Jonnefs anpasste und sie so verlagerte, dass der junge Mann nicht von ihm abzustürzen drohte. Mehr als eine Woche blieb Jonnef auf diese Weise auf seinem Drachenkind sitzen, welches sich an seiner Gegenwart erfreute.

Dann jedoch wünschte Jonnef, seinen Freund Calisto zu sehen. Leise Worte flüsterte er nun in die gespitzten Ohren des Drachens, die dieser besser verstand, als die lauten und sogleich ausführte. Vorsichtig landete er nun und ließ Jonnef von seinem Rücken auf einen Hügel nahe Marylands ab, wo er sich erst wieder daran gewöhnen musste, den Erdboden unter seinen Füßen zu haben. Ein wenig ungelenk, fast hinkend lief er nach Maryland hinein, wo er den jungen Rittersmann auf einem Übungsplatz mit Schild und Schwert gerüstet vorfand. „Seid gegrüßt", sagte Jonnef und verneigte sich würdevoll vor Calisto, welcher ihn stürmisch umarmte.

„Du bist wohlauf und zu uns zurückgekehrt", rief dieser und jubelte innerlich.

Jonnef aber lächelte nur und erwiderte nichts. Dann trat Melaine in einen Harnisch gekleidet hinzu, doch sie erkannte Jonnef nicht sogleich. Etwas an ihm war anders. Der ganze Mensch schien wie verändert. Sein Haar war dunkler und länger geworden, sein Teint noch blasser als zuvor und seine Augen glühten feurig, die nicht mehr ausschließlich nach innen, sondern nach draußen blickten. Auch seine Haltung, die sonst in sich gekehrt und demütig geduckt gewesen war, war nun einer aufrechten, selbstbewussten gewichen. „Schön, Euch wiederzusehen", sagte Melaine sacht, da sie noch immer etwas befremdet von ihm war.

Calisto aber schien von alledem nichts zu bemerken und warf Jonnef kumpelhaft seinen Arm über die Schulter. „Komm mit, ich möchte dir unser neues Pferd zeigen. Ein prachtvoller Hengst. Du wist staunen, wenn du ihn siehst." Ohne Widerrede ließ sich Jonnef von ihm in den Stall führen und betrachtete das stolze Tier, das in seiner schwarzen Pracht und aufrechten Haltung ihm durchaus gefiel. Wild scharrte es mit dem Huf auf dem Boden und warf den Kopf in die Höhe, was sein temperamentvolles, stürmisches Wesen verriet.

„Er wird bestimmt schwierig zu reiten sein", meinte Jonnef, aber Calisto entgegnete ihm, dass dies nur auf den Reiter ankomme.

„Er reagiert so feinfühlig auf die Hilfen, die man ihm gibt. Nur ein sachter Schenkeldruck und er weiß, was gemeint ist", schwärmte Calisto.

Eine Leidenschaft, die Jonnef nur schwer mit ihm teilte, für die er jedoch zunehmend Verständnis hatte, seitdem er auf seinem Drachen saß.

„Er ist zahm wie ein Lamm, wenn ich ihn reite und gewaltig wie ein Blitz. Du würdest staunen", sagte Calisto mit strahlend, funkelnden Augen, die nun die feurigen Jonnefs trafen.

Jonnef nickte und erwiderte nichts.

„Nur einen Makel hat er", gestand ihm Calisto. „Er fürchtet sich vor sich selbst und andern. Darum steht er auch allein und in einer Einzelbox, wo er seinen Schatten nicht kann sehen. Bukephalos haben wir ihn genannt."

Jonnef lachte. „Das passt." Doch dann wurde er wieder ernster und sich seiner Mission bewusst. „Hör zu, Calisto. Ich habe etwas Großes vor und du könntest mir dabei behilflich sein." Jonnef berichtete nun ausführlich und als er geendet hatte, schüttelte Calisto den Kopf.

„Du hast dich mit dem Drachen verbündet, sagst du. Und nun verlangst du von mir dasselbe. Nein Jonnef, das geht zu weit, entschieden zu weit. Ich habe Tod und Vernichtung gesehen. Gesehen, was diese Bestie angerichtet hat. Ein ganzes Dorf hat sie in Schutt und Asche gelegt. Eine ganze Zivilisation vernichtet. Frauen und Kinder getötet, einfach alles ausgelöscht und dem Erdboden gleichgemacht. Niemals werde ich mich mit diesem Untier versöhnen. Schlimm genug, dass es dich erweicht hat!", sagte er und verschwand mit Worten, die gesessen und Jonnef empfindlich getroffen hatten.

Mitansehen musste er nun, wie sein Freund Calisto sich zunehmend von ihm entfernte. Noch einmal glaubte er, ihn zur Einsicht bringen zu können, rannte ihm nach, um zu vermitteln, wo zu vermitteln nicht mehr war.

Dann lief Jonnef enttäuscht zurück zu seinem Drachenkind, das in einem Moor badete, sodass sich Jonnef zu ihm hinzusetzte und an seinen Rücken lehnte, um mit ihm – oder doch vielmehr mit sich selbst – zu sprechen. Aufmerksam hörte ihm der Drache zu und lauschte gefällig seiner Prosodie. „Wünschen würde ich mir, dass die Menschen uns verstehen. Dass sie ihre Angst besiegen und uns zuhören lernen."

Der Drache grummelte zufrieden, Jonnef aber standen die Tränen in den Augen. „Meinen allerbesten Freund habe ich heute verloren. Und dies nur wegen dir, weil ich dich verteidigt und für unsere Sache gekämpft habe. Anklagen möchte ich dich, doch es wäre falsch von mir. Gleichwie, wir brauchen einander. Gemeinsam werden wir die Menschen schon noch überzeugen, sie mit uns vertraut machen und sie an unseren Anblick gewöhnen, bis sie ihre Angst verloren und sich zu überwinden gelernt haben, um sich mit uns zu versöhnen. Bis dahin aber haben wir einen langen Weg vor uns, der durchaus steinig wird. Womöglich werden sie uns nicht verstehen, uns anfeinden, uns hassen und gar nach dem Leben trachten. Wir aber dürfen uns nicht davon beirren lassen. Wir werden uns friedlich erweisen und uns auf unsere Art und Weise zu wehren und zu bewähren wissen, bis sie uns zu lieben gelernt haben. Du wirst schon noch sehen, wie ich sie mit dir versöhne. Doch bis dahin müssen wir tapfer sein und durchhalten bis zuletzt. Dann kann es geschehen."

Die Verheißung II

Erneut suchte Melaine ihre Freundin Erinya auf, die auf ewig als Verbannte Marylands gebrandmarkt ihr Dasein in Magictown friste, seit jenem Tag, da sie auf dem Scheiterhaufen stehend von einer höheren Macht errettet worden war. Lange jedoch hatte Melaine sie nicht mehr gesehen. Die Wiedersehensfreude war deshalb dementsprechend groß. Und ebenso die Überraschung, Melaine von einem Drachenreiter berichten zu hören, der erst die Gegend und nun ganz Maryland unsicher machte. In Angst und Schrecken seien sie allesamt versetzt und in Furcht geraten. Und dies gerade jetzt, wo die Tage immer dunkler und kühler wurden und sie genug der Entbehrung empfinden ließen. Erinya aber versuchte, ihre Freundin zu beruhigen, wobei es ihr nicht gelang, ihr zu verhehlen, wie sehr sie sich über diese Nachricht freute. „So ist es also wahr, was ich in Träumen habe kommen sehen. Die Verheißung wird sich offenbaren und durch den Verheißenden erfüllen, in eben diesen Tagen. Ich fühle es." Gedankenverloren sah Erinya zum Fenster hinaus, so als könne sie den Tag schon kommen sehen. Dann weitete sie die Augen und schien eine Vision zu empfangen. Schleunigst eilte sie hin zu ihrem Schreibtisch und schrieb etwas auf das Pergament, das einem Aphorismus nicht unähnlich war.

Melaine, die Erinya kannte, fand nichts Ungewöhnliches daran, sondern fragte nur, was dies alles zu bedeuten habe.

„Ich weiß es nicht", antwortete Erinya. „Ich weiß nur, dass mir die Sehnsucht in Verzweiflung geraten ist. Ich habe keine Perspektive und keine Zukunft mehr."

Melaine erschrak, als sie Erinya so reden hörte, obgleich ihre Worte wie unbewusst vor sich hingesprochen waren, über deren Tragweite sie sich selbst wohl nicht im Klaren zu sein schien. „So darfst du wirklich nicht reden", ermahnte sie Melaine und verneinte vehement den nun in ihr aufkommenden Gedanken, Erinya an das Drachenkind verlieren zu können. Denn auf einmal war ihr, als verliere die den Fußboden unter den Füßen, so stark war das Gefühl – oder vielmehr der Gedanken – an ihren Verlust. Und doch wusste Melaine, dass sie es nicht verhindern konnte, wenn es geschehen sollte, auch wenn sie es nicht zulassen und zu verhindern versuchen würde.

Erinya schwieg, erst nach einer Weile antwortete sie leise: „Meine edle Melaine, Ihr seht so traurig aus. Ich hatte nicht vor, Euch zu betrüben."

Aber Melaine lächelte nur und winkte ab.

„Melaine, ich weiß Eure Fürsorge für mich wirklich zu wertschätzen, doch sie kann nicht von Dauer sein. Das Drachenkind, es ist mir nah und teilt mit mir seine Gefühle, weil es mich verstehen kann und zu fühlen vermag wie ich. Seine Sensibilität und sein Gespür sind dem meinen gleich. Etwas, das uns verbindet und uns beiden zum Fluch und zum Segen gereicht. Darum bringt er mein Herz zum Lachen. Und eines Tages werden wir uns begegnen. Allein dies gibt mir Zuversicht und ist mir ein Licht in meiner Dunkelheit, obgleich zu hoffen ich nicht wage. Doch ich weiß, dass es ein Geschenk des Himmels ist und nicht von dieser Welt."

Melaine lächelte, indessen eine Träne ihr die Wange herablief, sodass sie ihre Freundin umarmte.

Aus gotischen Fensterscheiben blickend sah Dragon Feu, wie eine Schnee-Eule sich ihm näherte, in welcher er Quärisma erkannte. Sofort öffnete er das Fenster und ließ sie in seine Gelehrtenstube ein. Sacht landete sie und schüttelte sich das Gefieder. „Meister Dragon Feu, es ist etwas geschehen, was Eure Anwesenheit in Maryland verlangt. Soeben hat mich ein Brief erreicht, den ich von einer Waldeule empfangen habe, und diese wiederum von einem Falken des Königs höchstpersönlich, den er an Euch weiterzureichen empfahl. Da bin ich nun mit dem Brief in meinen Klauen."

Dankend nahm Dragon Feu das Schreiben an und öffnete es über dem Feuer, um das Wachs des Siegels zum Schmelzen zu bringen und ihm das Pergament entnehmen zu können. Brieflich wurde ihm mitgeteilt, dass sich Maryland im Ausnahmezustand befinde. Alles um das Land herum stünde in Flammen. Maryland sei umzingelt und es fehle nicht viel, so fiele es der Zerstörung anheim. Geschockt ließ Dragon Feu das Schriftstück aus seiner Hand fallen, das gen Erdboden glitt, wo es schwergewichtig liegen blieb. Mit zittrigen Händen holte er eine Lupe aus seinem Ärmel hervor, die verzaubert zu einem Fernrohr ihm gereichte.

„Um des Psaridos willen. Die Welt steht nicht nur in Flammen, sie ist ein einziges Flammenmeer um Churchtown, Magictown und Maryland herum. Ich fürchte, dass Jonnefs Mission fehlgeschlagen ist. Der Drache entzieht sich seiner Kontrolle oder aber er hat Jonnef für sich eingenommen. Nein, das kann nicht sein. Das kann ich einfach nicht glauben. Quärisma, was ist während meiner Abwesenheit geschehen? Ich muss sofort Rücksprache mit den Geistlichen halten, Calisto auffinden und Jonnef suchen." Geschwind verließ er die Studierstube und bat Pater Benedetus um Rat, um gemeinsam mit ihm Vorkehrungen zu treffen, um nichts weniger als die Welt zu retten.

Dann machte er sich zu seiner Reise auf. Zehn Tage und Nächte lang wanderte er, eingeschränkt durch das Feuer, das ihn zu Umwegen zwang, wobei er nach einer Fährte des Drachenkinds suchte und dessen Spuren im Gras las, die ihn nach Maryland führten. Nach vielen Strapazen kam er schließlich dort an, wo er zunächst auf Sir Ruven de Light traf, welcher ihm nach einer Unterredung gestattete, seinen Knappen mitzunehmen, um mit ihm gemeinsam nach dem Zauberlehrling Dragon Feus Ausschau zu halten. Während Dragon Feu zu Fuß in jeder Höhle nachsah, versah Calisto zu Pferde Berge und Täler. Nichts aber deutete auf Jonnefs Spur hin, sodass ihre Motivation allmählich nachließ.

„Warum nehmt Ihr nicht Euer magisches Fernglas zur Hand, von dem Ihr mir erzählt habt?", fragte Calisto, der es allmählich leid war, dem alten Magier blindlings zu folgen, da seine Glieder von den langen Tagreisen und dem ununterbrochenen Ritt schmerzten.

„Das Glas nützt mir hier nichts", brummelte Dragon Feu auf seinen Krummstab gestützt. „Es ist ein Trugbild in und um Maryland, das mir nicht die Ferne anzeigt, sondern die ferne Menschenwelt des 21. Jahrhunderts."

„Dürfte ich einmal hineinsehen?"

„Nein!", erwiderte er streng und versteckte das Glas, das er soeben hervorgeholt hatte, um nachzusehen, ob es noch da war, schnell wieder in seiner Manteltasche.

„Nur einen Blick, Meister Feu, und Ihr werdet nichts mehr von mir ... Was war das?"

Ein Schatten am Himmel, der die Sonne verdunkelte, nahm ihre ganze Aufmerksamkeit ein. Schnell schwang sich Calisto auf den Rücken seines Pferdes und ritt im gestreckten Galopp der Luftlinie des Drachens nach, indessen Dragon Feu eine Leuchtrakete in die Luft schickte, um auf sich aufmerksam zu machen und Jonnef zu signalisieren, zu landen.

Irritiert davon wendete sich der Drache um.

„Seht nur, Meister Dragon Feu, er kommt zurück und nun direkt auf uns zu", rief Calisto und duckte sich.

Mit mächtigen Schwingen kam das Ungeheuer in seiner riesigen Gestalt, das Calisto nur aus den Ammenmärchen kannte, auf ihn zu. Der junge Ritter geriet in Panik, ebenso das Pferd, das sich nun aufbäumte und scheute, sodass Calisto, welcher es nicht mehr zu zügeln vermochte, absprang und es davonrennen ließ, um bei Meister Dragon Feu zu bleiben. „Meister Dragon Feu, Meister Dragon Feu. Er hat uns im Visier", schrie er von Panik erfüllt und verbarg sich Schutz suchend hinter des Zauberers Rücken, währenddessen sein Pferd panisch wiehernd davonpreschte.

„Mache dich jetzt auf alles gefasst", rief Dragon Feu ihm zu und breitete seiner Arme aus, um mit einem Abwehrzauber ein Schutzschild zu errichten, das imstande war, ihn und Calisto gegen den Drachen und Jonnef zu schützen.

Dann landete der Drache ganz sacht und Jonnef stieg ab. „Seid gegrüßt, Meister Dragon Feu", sagte er mit einer solchen Seelenruhe und Gelassenheit, die von einer Erhabenheit seines Wesens zeugte und die Dragon Feu von seinem Schüler nicht gewohnt war. Doch erkannte er schließlich, wie Jonnef durch den Drachen erstarkt und zum Mann gereift war. Dort stand nicht mehr der ängstliche, allzu aufgeregt nervöse, schüchtern, scheue Junge von einst, sondern ein selbstbewusster junger Mann neben einem mächtigen Drachen. Und noch dazu ein schöner, junger Mann, den Dragon Feu verstohlen musterte und zu bewundern schien. Den Tiefsinn allerdings, den er an Jonnef so wertschätze, hatte der junge Mann beibehalten, welcher ihm nun auch Weisheit verlieh. Doch sein Blick war anders. Düster, feuriger und doch schön, mit Augen, in die man fast versinken konnte, indessen sie alles um sich herum, das sie berührten, entflammten und entzündeten und seinem Charisma entsprachen.

Er verneigte sich höflich, gar ritterlich vor Dragon Feu und Calisto, seinem Freund, den er herzhaft umarmen wolle. Calisto aber trat zurück. Jetzt konnte auch er sich nicht mehr erwehren, die Veränderung in Jonnefs Gestalt und Wesen wahrzunehmen. Er schien sich unsicher zu sein, ob Jonnef im Herzen noch ganz der Alte geblieben war oder ob der Drache ihn doch unbewusst für sich eingenommen und ihn ihm entfremdet hatte. „Denn vielleicht war es Jonnef gar, der für all das Unheil und den Schrecken verantwortlich war“, dachte er und sah ihn finster, fast ein wenig feindlich gesinnt an. Jonnef schluckte und Tränen kamen in ihm auf, doch er versuchte, sich nichts anmerken zu lassen.

„Jonnef, was ist vorgefallen? Du wirst uns doch nicht enttäuscht haben?“, wollte Dragon Feu von ihm wissen. „Ich habe große Dunkelheit in der Welt gesehen und ganze Dörfer brennen.“

Jonnef nickte und beruhigte ihn. „Kein Grund zur Sorge, Meister Dragon Feu. Das Feuer, das Ihr gesehen habt, entsprang nicht von dem Drachen. Es waren Leuchtfeuer, die gezündet wurden, um uns zu warnen und uns abzuschrecken, daher zu täuschen, damit wir fern bleiben, indessen das trockene Gras ist entfacht. Es hat einen großen Schaden angerichtet, aber es hat nichts mit dem Drachen und mir zu tun“, erklärte Jonnef ihm sachlich, nüchtern.

Erleichtert atmete der Magier auf, obgleich er noch ein wenig ungläubig schien. Jonnef aber ging nicht weiter darauf ein. „Für uns ist nun die Zeit gekommen, uns den Menschen zu stellen. In Frieden wollen wir kommen und um Vertrauen, Verständnis und Liebe bitten. Würden sie sich mit dem Drachen versöhnen, vorbei wären die Zeiten des Schreckens“, meinte Jonnef von seiner Mission überzeugt. Dann erhob er sich mit dem Drachen, während Dragon Feu und Calisto umzudenken schienen und sich ihn zu unterstützen bereit erklärten. Nach Maryland ritten sie hinein, um die Bevölkerung auf Jonnefs nahe Ankunft vorzubereiten. Selbst beim König wollten sie um Audienz bitten. Zuhören sollte er ihnen und dem Drachenkind eine Chance geben, wenngleich Dragon Feu vom Gegenteil überzeugt war, da er den Starrsinn des Königs kannte und auch seine ihn belastende Vorgeschichte. Dennoch versuchten sie es, um der Erfüllung der Alten Schriften willen und der Verheißung des Verheißenden wegen.

Nur ungern ließ Sir Ruven de Light als Abgeordneter und Gesandter des Königs sie in den Palast und Audienzsaal ein. Majestätisch schritt der König die Treppe mit seinem Hofstaat hinab, um den hohen Besuch würdevoll zu empfangen. Wertschätzend reichte er Dragon Feu die Hand, welcher sich vor ihm und seinem Hofstaat verneigte. „Nicht Ihr habt Euer Haupt vor mir zu senken, großer Meister Feu, sondern ich das meine", sagte der König und verbeugte sich tief.

„Was ich getan habe, war meine Pflicht", antwortete Dragon Feu bedächtig. Eine innere Wunde in ihm schien aufzuklaffen. Ruhig und leise sprach er nun mit Worten, die sehr gewählt und fein waren und wie sie ihn Calisto nie zuvor hatte sprechen hören. Ehrfurcht flößte ihm der Lehrmeister ein und er fragte sich, ob Jonnef ihn jemals wirklich richtig gekannt hatte. Nie hatte er sich wirklich für seine Geschichte interessiert und sich mit Dragon Feu intensiver gedanklich auseinandergesetzt und beschäftigt. Nichts hatte er von ihm gewusst, noch jemals erfahren. Nie hatte er auch nur danach gefragt oder ihn darum gebeten, etwas von sich zu erzählen. Jedenfalls hatte Jonnef, der ihm gegenüber keine Geheimnisse kannte, nicht über ihn erzählt. Nun aber lernte er den Zauberer kennen, der einfach nur mit den Jahren alt und griesgrämig geworden war. Das erkannte er nun durch die wertschätzende Behandlung, die ihm der König zuteilwerden ließ.

„Lassen wir die Vergangenheit vergangen sein und wenden uns der Gegenwart zu", sagte Dragon Feu und schloss die Augen, so als seien Bilder längst vergangener Tage soeben wieder in ihm heraufbeschworen worden. Bilder, die ihm noch immer zu schaffen machten, ihn mitnahmen, einnahmen und bedrängten. Bilder, die ihn einfach nicht mehr loslassen wollten.

„Wie Ihr wünscht, Meister Dragon Feu", sagte der König mit einer Hand in den Rücken gelehnt, um sein vom Alter gezeichnetes Kreuz zu stützen. Dann setzte er sich auf seinen Thron und richtete sich seine Krone zurecht, indessen Dragon Feu sich auf seinen Krummstab lehnte. „Nun denn, trage er sein Anliegen vor", sagte der König begleitet von einer wohlmeinenden Handgeste, die den Zauberer zu berichten bat.

„Wir Ihr habe auch ich viel gesehen von der Welt, viel erlebt und erfahren", begann Dragon Feu vorsichtig zu sprechen. „Gemeinsam haben wir Zeiten durchgestanden, die bereits die Chroniken haben erfasst. Geschichte haben wir geschrieben. Doch längst nicht genug. Denn eine neue Zeit ist angebrochen. Die Zeit des Drachenkinds ist gekommen, das mit einem Drachenkind vereint um Euren Frieden bittet. Und ich wünsche von Euch nichts sehnlichster, als dass Ihr ihm Gehör verleiht. Deswegen bin ich hierhergekommen zusammen mit Calisto, des Drachenkinds Freund, der eine Brücke zwischen ihm und Maryland darstellt."

„Unmöglich", polterte der König und erhob sich erzürnt von seinem Thron. „Diese verruchte Hexe. Sie hat es vorausgesehen. Diese Verrückte, die töricht genug meint, mehr zu wissen, als nötig ist. Und Ihr, großer Meister Dragon Feu, unterstützt dies auch noch? Ihr kommt hierher nach unzähligen Jahren und wollt mir allen Ernstes von einem Drachenkind mit einem Drachenkind erzählen. Einem Drachen, der uns gar noch zum Frieden gereicht?" Der König lachte auf, nur um nicht in Jähzorn zu geraten. „Wohl gar noch von einem auf einem Drachen reitenden Jüngling, der meinen Beistand ersucht?"

„So sei es", entgegnete ihm Dragon Feu streng.

Der König aber verneinte. „Nein, Meister Dragon Feu. Meine Leute haben sich mir und meinem Land anvertraut. Meinem Schutz haben sie sich übergeben und ich werde nicht das Leben Hunderter gefährden, es mutwillig aufs Spiel setzen, nur um ein Drachenkind willkommen zu heißen."

„Verständlich", entgegnete ihm Dragon Feu. „Doch nicht auf Rache, nicht auf Zerstörung ist er aus. Er kommt mit friedlichen Absichten, um Euch seine Freundschaft anzubieten und den Frieden zu bringen. Schlagt Ihr sein Anerbieten aus, so wird es keine Hoffnung geben und Maryland weiterhin in Angst und Schrecken vor dem Ungewissen leben." Er schwieg und sah den König herausfordernd an.

„Den Frieden des Drachens, den habe ich gesehen, Meister Dragon Feu", entgegnete der König ihm zynisch. „Und ich habe genug davon!"

Dragon Feu wendete sich von ihm ab. Wunden schienen in ihm aufzuklaffen. Dann versuchte er wieder, diesmal etwas ruhiger, um Verständnis zu bitten und zu erklären, dass der Drache nun mal nicht aus der Welt zu schaffen sei. „Entweder Ihr verbündet Euch mit ihm oder aber ihr werdet so lange vor dem Tag, der Euch fürchtet, die Augen verschließen, bis er gekommen ist. Und dann werdet Ihr erneut vor dem Drachen stehen. Erneut nicht wissen, was tun. Und erneut womöglich aus Angst um Euer Leben und das Eurer Untertanen aus Notwehr handeln und den Drachen angreifen, wie ehemals. Er aber wird sich zu wehren wissen und verteidigen. Und so wird die Kette der Gewalt sich fortsetzen und niemals enden. Niemals wird sie aufgelöst. Niemals. Wollt Ihr das? Oder habt Ihr den Mut, einen neuen Schritt zu gehen, einen neuen Vorstoß zu wagen, der anders als der Eurer Vorfahren ist. Dann lasst uns erneut Geschichte schreiben. Wollt Ihr das?" Wieder versah Dragon Feu ihn mit diesem herausfordernden, wie zum Kampf auffordernden Blick an.

Der König aber schwieg lange, dann sagte er ganz bedacht, so als gäbe es etwas Großes zu überwinden: „Ihr und ich, Meister Dragon Feu, damals in Osios, wisst ihr noch? Gemeinsam haben wir auf der Brücke gestanden, als der Drache uns angegriffen hat und einen Rachefeldzug gegen die Menschheit eröffnete. Kein Pardon. Kein Erbarmen war in Sicht. Ihr selbst habt es mitangesehen, wie Abertausende seinem alles überragenden Zorn, seiner ungebändigten, überwältigenden Wut zum Opfer gefallen sind, in seiner Obsession, zu töten. Das habt Ihr doch wohl nicht vergessen können, Meister Dragon Feu, oder nicht? Noch immer leiden einige unter meinen Untertanen daran und mit ihnen ihre Nachkommenschaft. Ganze Generationen sind wie traumatisiert durch einen Schrecken, der sie gefesselt hält und sie nie wieder loslässt." Ohne zu antworten, sah Dragon Feu zu Boden und unter sich blickend all das Leid, das er vor so vielen Jahre gesehen hatte und immer noch zu verarbeiten schien. Er hielt sich die Hand an die Stirn, dann an die Schläfen und schnaufte.

„Ihr seht", sagte der König sichtlich zufrieden darüber, seine Wirkung bei Meister Dragon Feu nicht verfehlt zu haben. „Seine Botschaft ist nicht die des Friedens. Sie ist die des Hasses und der Rache", spie der König nun mit Worten des Schimpfs und der größten Verachtung aus. „Die gesamte Menschheit wäre vernichtet worden, hättet Ihr nicht eingegriffen."

Dragon Feu schwieg und blickte zur Seite hin, so als höre er es nicht.

„Wenn Ihr nicht gewesen wäret, Meister Dragon Feu, damals in Osios. Der Drache, er hätte uns zur Strecke gebracht, vernichtet, ausgelöscht ein ganzes Menschengeschlecht. Aber Ihr, großer Meister Dragon Feu, habt es zu verhindern gewusst und uns gerettet, indem Ihr es vernichtet habt." Er hielt inne. „Ohne Euch wären wir, Maryland und der gesamte Psaridos hoffnungslos verloren."

Dragon Feu aber zog es vor, zu schweigen.

„Ihr seht, was nur ein einziger Drache hat ausrichten können und wie groß die Gefahr ist, die von ihm ausgeht. Ich habe es erlebt und ich werde es nicht noch einmal mit ansehen wollen."

Dragon Feu schloss die Augen, indessen er nach den richtigen Worten zu suchen schien. Dann antwortet er mit kraftvoller Stimme: „Es war das Muttertier. Das Drachenkind ist anders."

Der König aber grummelte Unverständliches in seinen Bart, wohingegen Dragon Feu unbeirrt, sich seines Auftrags bewusst, weiterredete. „Lange nach Richard und Rubeus Deboskos' Zeiten hat das Muttertier Rache genommen an uns und unzähligen unschuldigen Menschen. Und ich? Ich habe allein aus Notwehr heraus handeln müssen und es zur Strecke gebracht, um die Menschheit vor ihm und seinem Hass, seiner von allen Sinnen und Mächten ausgelösten Wut zu bewahren. Das Drachenkind aber lebt und weiß nichts davon. So scheint's. Jedenfalls hat es sich auf Jonnef, meinen Zauberlehrling, eingelassen und ihm sein Vertrauen geschenkt. Gemeinsam mit ihm können wir den Frieden erlangen und alte Wunden heilen, um sie zu Perlen zu verwandeln. Lasst uns gemeinsam dieses Wunder begehen und die Tat in Osios rückgängig machen." Wieder schloss er die Augen und hielt lange inne. Sanfter wurde er nun. Sanfter auch seine Stimme. „Sollte es uns gelingen, so muss niemand mehr in Angst und Schrecken leben. Ganz Maryland wird erlöst sein. Darum habt Verständnis für Jonnef und sein Drachenkind. Heißt willkommen Jonnef, das Drachenkind, mit seinem Drachenkind und der Frieden Marylands, ja sogar der des ganzen Psaridos wird Euch und uns gewiss sein. Lasst uns dem Drachen mit Nachsicht begegnen und mit ihm in Frieden leben." Damit endete Dragon Feu und zog sich zurück, was Calisto, der bislang unbeteiligt der Unterredung beigewohnt hatte, ihn in einem ganz neuen Licht erblicken ließ.

Die Antwort des Königs war ein Zuwerfen der Tür.

„Komm, Calisto, hier können wir nichts mehr ausrichten. Lass uns zu Sir Ruven de Light gehen in der Hoffnung, dass wir dort auf etwas mehr Verständnis stoßen."

Doch auch bei ihm fanden sie kein Verständnis. „Bei allem Respekt, Meister Dragon Feu, aber das geht entschieden zu weit. Und selbst, wenn dem so ist, was Ihr von mir verlangt, ist unmöglich, zumal ich meinem König zu Loyalität verpflichtet bin und Calisto auch", sagte er und versah den jungen Ritter mit strengen Blicken, die ihn empfindlich trafen, um ihm ins Gewissen zu reden.

Demütig blickte Calisto zu Boden.

Bald darauf schrieb er einen Brief an Jonnef. Einen schwergewichtigen Brief, in dem er sich von ihm auf schonende Weise loszusagen gedachte, um seine Ehre als Ritter nicht weiter zu gefährden. Zu stark war der Einfluss Sir Ruven de Lights, der wie ein Vater zu ihm stand, da er ihm sein Leben und allem voran seine Ausbildung zu verdanken hatte. Auch sah er die Gefahr, die von Jonnef ausging, sollte er den Drachen nicht unter Kontrolle haben, welcher schon mehr als einmal ein ganzes Dorf ausgelöscht hatte. Calisto hatte es schließlich mit eigenen Augen gesehen. Gesehen all das Leid, den Kummer und den Tod. Und auch Erinya hatte für ihre Worte brennen müssen und war nur durch die Gunst des Himmels errettet worden. „Und was, wenn alles nur erdacht?“, dachte Calisto. Diese ganze Rede von dem Leuchtfeuer, das entzündet worden war und aus Trockenheit das ganze Land in Brand gesteckt hatte, erschien ihm doch bedenklich. Warum sollten Menschen so etwas Leichtsinniges tun und sich damit selbst gefährden? Um zu simulieren, ihr Dorf sei schon abgebrannt, damit der Drache sie verschone und an ihnen vorüberzog? Das alles war doch unglaubwürdig. Jonnef war dabei, sich selbst zu vernichten. Darum gedachte er, ihn von seiner Mission abzubringen. Und wenn nicht dies, so doch sich von ihm loszusagen, um Schlimmeres abzuwenden, nicht zuletzt, um seinen guten Ruf als ehrwürdigen Ritter Marylands, der seinem Herrn und König zu Loyalität verpflichtet war, zu wahren.

Darum schrieb er Jonnef, dass, wenn er noch sein Freund sein wolle, er von seiner Mission ablassen müsse. Einsehen solle er, dass nur Hindernisse bestünden und Steine ihm in den Weg gelegt seien, und er den Starrsinn und die Angst der Menschen nicht zu überwinden vermochte. Der Drache sei und bliebe eine Schreckgestalt und ein Symbol der Gewalt für die Menschen, die sich nie ändern würden, selbst über Zeiten hinweg. Nicht denken solle er, dass er ihn verraten habe und er sich von ihm entferne, wie schon einmal, als er ihn in der Höhle mit dem Drachen allein gelassen habe, sondern wissen, dass er sein Freund sei, der bedingungslos zu ihm hielte und darum so reden müsse, um ihn zu schützen. Und nicht zuletzt auch, um sich selbst zu schützen als einem treu ergebenen Ritter Marylands, der seinem König zu Loyalität und Gehorsam verpflichtet sei. Einem König, der nichts von Jonnefs Sache wissen wolle und jeden Verbündeten zu verachten und zu strafen wisse wie Erinya, die Prophetin. Verständnis solle er für ihn haben, wie für seinen Drachen, und Abstand von ihm nehmen, wenn ihm sein Leben lieb und er nicht bereit sei, von seiner Mission abzulassen. Einsehen müsse er, dass er Sir Ruven de Light, der ihm, einem aussichtslosen Waisen, einem Bettlerkind von einst, eine Perspektive gegeben habe, zu tiefer Dankbarkeit verpflichtet sei und in dessen Gnade stünde. Darum solle Jonnef ihm verzeihen. Verzeihen auch für seine Zerrissenheit, und wenn er ihn vergessen solle, weil er ihn vergessen müsse. Danken wolle er ihm dennoch für die schöne gemeinsame

Zeit, die sie miteinander erlebt hatten und ihm sein Lebewohl sagen. Mit diesem Abschiedsbrief ging er zu einem Falken, der ihn der Schnee-Eule Quärisma überreichte und diese wiederum Jonnef auf seinem Drachen.

Ohne eine Antwort kam der Falke schließlich zu Calisto zurück, der betrübt war, weil er doch gehofft hatte, einen ebensolchen Brief von Jonnef zu erhalten.

Stattdessen kam Jonnef eines späten Abends selbst, als Calisto die Stallgasse kehrte und von trüben Gedanken umfangen die Schritte hinter sich nicht hörte, in ein schwarzes Gewand gehüllt, mit weit in das Gesicht gezogener Kapuze, persönlich zu ihm.

„Du hast mit mir gebrochen", antwortete eine dunkle Stimme aus der Kapuze heraus. Calisto erschrak. Jonnef aber erhob die Hand zum Zeichen, dass keine Gefahr von ihm ausgehe. Dann gab er sich zu erkennen, indem er die Kapuze von seinem Haupt nahm. „Wie du siehst, bin ich zurückgekehrt, um dir zu sagen, dass ich nicht Abstand von dir nehmen noch Gleiches mit Gleichem vergelten werde. Ich werde zu dir halten, was auch immer geschieht. So gib acht, dass es dich nicht eines Tages noch zerreißt." Damit war er verschwunden – so leise und unauffällig er gekommen war, so leise und unauffällig auch gegangen. Still und unerkannt wie ein Schatten, wie ein Geist, der sich in der Dunkelheit der Nacht verlor.

Viele Tage waren seither vergangen und die Zeit wie im Flug vorüber, die Calisto wie üblich auf dem Übungsplatz oder bei den Pferden verbrachte. Auf diese Weise bemerkte er Jonnefs Fortgang nicht. Kein einziges Lebenszeichen nahm er mehr von ihm wahr, bis es ihm selbst auffiel. Jonnef hatte in der Tat ernst gemacht und ihn beim Wort genommen. Nichts anderes hatte er von ihm verlangt. Doch nun tat es ihm leid, denn er hatte nicht bedacht, mit wie viel Schmerz es einhergehen würde. Einen Schmerz, den nur die Zeit heilte. Er schüttelte das Heu auf und führte die Pferde auf die Koppel, um sich abzulenken. Dann setzte er sich an die Pläne, die er gemeinsam mit Sir Ruven de Light erdacht hatte. Zusammen wollten sie sich auf ein Abenteuer einlassen, das ihn in seinen ritterlichen Fähigkeiten bestärken würde. Es galt, Höhlen des Waldes nach Spuren von Drachen abzusuchen, um mehr über sie und ihr Unwesen zu erfahren. Eine Mission, auf die sich Calisto wider Willen einließ, denn er erkannte, dass es vielleicht einen Weg hin zu Jonnef bedeutete und deshalb keine schlechte Idee war.

Von Melaine, die ihn begleitete, erfuhr er, dass Erinya sich auf Pilgerschaft begeben hatte, um das Drachenkind aufzusuchen. „Sie glaubt fest an ihre Vision", meinte Melaine und schien beeindruckt, indem sie ununterbrochen von ihr erzählte und gar nicht mehr aufhören wollte, Calisto von all den Entbehrungen, die sie ohne Weiteres auf sich genommen hatte, zu berichten. Sie sei eine absolute Ausnahmeerscheinung, meinte sie, die zu Außergewöhnlichem imstande sei und wohl auf diese Weise auch ihre Visionen empfange, die nicht zu guter Letzt ihrer hohen Sensibilität zuzuschreiben seien.

Calisto nickte. „Ich habe sie doch selbst erlebt und kennenlernen dürfen", meinte er leicht genervt und bereute es fast, eine Frau mit auf Ritterfahrt genommen zu haben, sodass er sie an ihre ritterliche Pflichten mahnte, was Melaine mannhaft verstummen ließ.

„Jedenfalls bin gespannt zu hören, ob es ihr gelingt, das Drachenkind zu finden und sich mit ihm zu verbünden, so wie sie es mir prophezeit hat."

Ruhend an einen Baumstamm gelehnt und in einer Fibel über Zaubersprüchen blätternd, fand Erinya Jonnef vor. Sie errötete stark und zitterte. So übermächtig war das Gefühl der Hingezogenheit, das sie zu ihm verspürte. Am liebsten wäre sie davongerannt, doch sie gab sich einen Ruck und nahm sich vor, mutig zu sein. Dann stand sie vor ihm und wünschte, den Drachen zu sehen. Sie sei bereit, sich ihm ohne Angst zu nähern und sein Vertrauen zu erlangen, um ihm zu zeigen, dass noch mehr Menschen imstande seien, sich mit ihm zu verständigen und zur Versöhnung bereit, sodass er seine Angst vor den Menschen allmählich verlieren könne. Jonnef gefiel der Gedanke und so rief er seinen Drachen herbei, der ganz langsam erhaben und mächtig in seiner Gestalt aus der Höhle trat, um sich in seiner vollen Größe zu zeigen. Erinya schien eingeschüchtert davon und bekam weiche Knie. Auch der Drache schien ein wenig befremdet von der Frau und musterte sie genau. Doch Jonnef war in seiner

Nähe und redete beruhigend auf ihn ein. Dann streckte Erinya ganz sacht ihre feingliedrige Hand nach ihm aus, indessen der Drache ein wenig schüchtern sich zu ihr hinunterbeugte und mit seinen warmen Nüstern ihre Hand berührte, um sie zu beschnuppern. Sanft strich Erinya ihm über den rauen Panzer, sodass der Drache zufrieden in sich hinein gluckste. Erinya lächelte und schien erleichtert, was sie leise auflachen ließ. Schließlich streckte der Drache ihr auch das Kinn und die Ohren hin, die sie ihm kraulte.

„Hab keine Angst", flüsterte sie mehr zu sich, als dem Drachen zu, welcher nun ihre Wange beschnupperte und friedlich schnaubte, indessen sie ihm über die Stirn und Augen strich und dabei einen Gesang anhob, der den Drachen besänftigte und für sich einnahm. Der Drache musste kurz husten, stieß dabei kleine Flammen aus seinen Nüstern, die Erinya erschrocken zurücktreten ließen.

Jonnef aber vermittelte und dankte Erinya für ihren Mut. „Für heute ist es genug", sagte er und klopfte seinem Drachen den Hals. „Dank dir hat er nun einen weiteren Menschen kennengelernt, dem er vertrauen kann. Werden es mehr und immer mehr, so hat er nichts mehr von ihnen zu befürchten und kann sich ganz ohne Angst ihnen nähern."

Erinya verneigte sich vornehm vor ihm. Dann verschwand sie wieder wie ein aufgeschrecktes Reh im Gebüsch, woher sie gekommen war.

Bestärkt durch Erinya, versuchte Jonnef, mehr und immer mehr Menschen für sich und seine Sache einzunehmen und sie von der Sanftmut des Drachens zu überzeugen. Er erklärte ihnen, dass der Drache nur dann zum Angriff bereit sei, wenn er selbst angegriffen werde. Deshalb sollten sie ihre Angst vor ihm zu überwinden versuchen und angemessen mit ihm umzugehen zu lernen. Mit immer mehr Menschen redete er und versuchte, sie über seine Kenntnisse zur Einsicht zu bringen, was jedoch gar nicht so einfach war. In dieser Zeit ließ er seinen Drachen allein, um sich auf Wanderschaft zu den Menschen zu begeben, indessen Dragon Feu sich ihm näherte, ohne Jonnef davon in Kenntnis zu setzen. Vorsichtig näherte er sich dem Drachen, der friedlich vor der Höhle schlief. Bedacht setzte der Magier einen Fuß nach dem andern auf, um ihn nicht zu wecken und ihn aus der Nähe betrachten zu können. Anzurühren wagte er ihn nicht. Und so umrundete er das gigantische Tier in großer Ehrfurcht, das mit seinen langen Fühlern ihn jedoch wahrzunehmen schien, ohne es sich anmerken zu lassen.

Dann begann der Magier mit ihm zu reden. „Ich kenne deine Mutter“, flüsterte er. „Ich habe sie gesehen. Mit blutendem Herzen ist sie aus der Höhle herausgerannt, mit dem Schwert, das einst tief in ihrer Brust gesteckt hat. So ist sie nach Maryland gerannt, um Rache an den Menschen zu nehmen. In ihrer Raserei habe ich sie gesehen und aufzuhalten versucht.“ Erneut sah Dragon Feu die Bilder der Vergangenheit in sich hochkommen und das Gefühl, wie es war, vor der Drachenmutter zu stehen, deren Kind nun direkt vor ihm lag. Sein Herz schlug kräftig. Mit zitternden Händen stützte er sich auf seinen Krummstab. Dann berichtete er dem Drachen: „Damals in Osios. Ich habe es gesehen, es erlebt, es herbeigeführt. Vor den König habe ich mich gestellt und mit einem Feuerabwehrzauber die Flammen des Drachen abgewehrt und damit sein Leben und das vieler anderer geschont, geschützt, sie gerettet vor dem Tod. Darum hat der König sein Leben mir zu verdanken und der Drache seinen Tod.“ Er hielt inne und schloss die Augen. „Nun stehe ich vor dir, dem Drachenkind, dem Richard Deboskos einst Unrecht hat zugefügt. Und damit vor demselben Drachenkind, von dem die Legende sagt, das wir Zauberer durch seine magischen Kräfte einst entstanden sind. Eine Narbe trägst du noch an der Stelle, da dich das Schwert verwundet hat.“ Vorsicht streckte er seine Hand nach ihm aus und befühlte die Stelle, an der das Drachenkind verwundet worden war und eine Narbe zurückgeblieben war. Sacht strich er darüber. „Du aber hast überlebt in all der Zeit.“ Dragon Feu schien gerührt, indessen der Drache ganz langsam und bedacht ein Auge öffnete.

Nur schlafend hatte er sich gestellt und all die Worte Dragon Feus angehört und in sich aufgenommen, abgewägt und scheinbar doch verstanden. Dennoch blieb er unbewegt und beobachtete ganz still, wie der Magier ihn betastete, und befühlte die Stelle, nicht weit von seinem Herzen entfernt. Ganz ruhig ließ er es mit sich geschehen.

„Hier, genau hier hat das Schwert gesessen, das ich deiner Mutter später noch tiefer in die Wunde habe hineingerammt, bis sie gänzlich zum Erliegen kam."

Wie entzündet von diesen Worten richtete sich der Drache auf und präsentierte sich dem Magier in seiner gigantischen Gestalt. Doch noch bevor der Magier reagieren konnte, war das Drachenkind in Wut entbrannt, indessen der Zauberer seinen Krummstab in die Höhe richtete und einen Zauberspruch aussprach, wobei ihm vor seinem geistigen Auge all die Schriften erschienen, die er in unsäglich langen Nächten intensivst studiert hatte. Und in ebendiesem Moment kam ihm auch die Stelle in den Sinn, die ihm bis dahin kryptisch geblieben war. Endlich. Endlich erkannte er sie und mit ihr den Schrecken, den sie barg. Dragon Feu schluckte. Denn nun wusste er nicht, ob er sich darüber freuen oder in Verzweiflung stürzen sollte. Nur eines war klar: Er musste sich seinem Schicksal ergeben – ob er wollte oder nicht. Mit weit ausgebreiteten Armen schritt er dem Drachen entgegen, indessen dieser einen markerschütternden Schrei ausstieß, der bis in das Tal hinab zu Jonnef drang.

Und dann rief der Zauberer mit stolz erhobenem Haupt und der größten Stimmkraft, die ihm eigen: „Schuldig bin ich an dir geworden und kann nicht um Verzeihung, um Gnade dich bitten. Darum tu, was du tun musst. Verübe deine Pflicht, auf dass sich die Verheißung des Verheißenden erfüllt." Noch zögerte der Drache, während es in ihm brodelte und kochte wie heiße Lava in einem Berg, bereit, sie auszuspeien. Doch irgendetwas hielt ihn zurück. Irgendein Zögern, ein Hadern mit sich selbst, ein Ringen, ein Kampf, den er innerlich auszutragen schien. „Na los!", forderte Dragon Feu ihn erneut auf. „Das ist mein letztes Wort auf ewig. Tu es! Jetzt!", schrie er.

Plötzlich bäumte sich der Drache auf und schrie gen Himmel seine ganze Seele aus dem Leib. Dann spie er ein solches Feuer, wie er noch nie zuvor gespien hatte, auf dass Dragon Feu vernichtet war.

In jenem Moment ereilte Jonnef eine böse Vorahnung, die sein Herz furchtsam machte und ihn mit einer solchen Angst erfüllte, die nicht in Worte zu fassen war. Es drängte ihn nur mächtig zu seinem Drachen zurück. Jonnef lief zwei Tage lang zur Höhle zurück, dann sah er die Unglücksstätte, sah Dragon Feus Stab, Mantel und Hut und die Asche, die vor ihm lag. Jonnef glaubte seinen Augen nicht. Sein Herz, sein Gespür, die innere Stimme tief in ihm drin, sie hatte ihn nicht getäuscht. Getroffen davon fiel er zu Boden und blieb bewusstlos liegen.

Es war Calisto, der ihn fand und ihn mit seinem weiten Ritterumhang bedeckte. „Ich bin ja da, Jonnef. Ich bin ja da. Was auch immer geschehen ist, ich bin für dich da", sagte er ihm zu seiner Beruhigung immer und immer wieder.

Auch Melaine trat hinzu, die sofort erkannte, was vorgefallen war. Schnell war sie zu Jonnef und Calisto geeilt und versuchte, zu trösten, wo kein Trost mehr zu finden war. So verzweifelt und niedergeschmettert war Jonnef, der herzergreifend wimmerte und weinte. Nie wieder glaubte er, aufstehen zu können. Nie wieder etwas zu vollbringen. Nie wieder am Leben teilzunehmen. Regungslos blieb er am Boden liegen. Zusammengerollt wie ein Kind, das Schutz und Geborgenheit sucht. Und so verzweifelt, dass er wünschte, am nächsten Morgen nicht mehr zu erwachen. Auf diese Weise verharrte er und über mehrere Tage hinweg am Boden, indessen Calisto und Melaine abwechselnd Wache bei ihm hielten und der Drache sich in seiner Höhle verbarg.

Doch Jonnef erwachte wieder und immer wieder, sodass ihm nichts anderes übrig blieb, als zu leben und dem Leben neues Vertrauen zu schenken. An seine Mission jedoch dachte er schon lange nicht mehr und versuchte, die ganze Geschichte mit dem Drachen zu vergessen. Verdrängen wollte er sie und nichts mehr mit ihm zu tun haben, da es ihm ohnehin nur noch Kopfschmerzen verursachte, sogar Übelkeit und Erbrechen. Er bereute es, sich jemals hier nach Magictown begeben zu haben und sich für etwas berufen, gar bestimmt gefühlt zu haben, wo er doch nur Unruhe gestiftet und Unheil über sie alle gebracht hatte. Er verwünschte sich und seine Existenz.

Warum nur hatte er sich auf so etwas eingelassen, das eigentlich eine Sache der Unmöglichkeit war. Eine Sache, die an Hybris reichte. An Hybris, an Selbstüberschätzung eines noch immer irgendwie seelisch verletzten Kindes, das irgendwie etwas vom Leben vernachlässigt worden war, unverstanden und ungeliebt. Darum hasste er sich und alles, was er anfasste und tat. Und nicht nur dies, er schämte sich sogar für sich selbst und seine Schwäche. Zurecht hatten sie ihn damals gestraft für seine Sensibilität. Zurecht ihn angefeindet und ermahnt. Nur Dragon Feu hatte ihm vermittelt, dass er gut so sei, wie er war, und ihn gelehrt, sich selbst zu lieben, um andere ebenso lieben zu können. Und dennoch fand Jonnefs Litanei an Flüchen und Selbstvorwürfen kein Ende mehr, bis Melaine ihm aufhalf und ihm neue Zuversicht schenkte.

„Das Leben ist nicht immer fair", sagte sie. „Manchmal ist es äußerst hart und ungerecht, aber es kann auch Zauber in sich bergen. Du weißt, von wem ich das habe." Sie wischte ihm den Staub vom Gewand. „Manchmal müssen wir im Leben kämpfen, Dinge durchstehen oder entbehren, um etwas anderes, viel Größeres, Schöneres zu erlangen. Hinfallen müssen wir und wieder aufstehen. Nur so kommen wir voran. Darum darfst du jetzt nicht aufgeben. Nicht jetzt, wo du schon so nah an deinem Ziel bist. Ich bin mir sicher, Dragon Feu wäre stolz auf dich, wenn es dir gelänge."

Jonnef dankte ihr und versuchte, zu lächeln. Das erste Lächeln seit Langem. Nun zeigte sich auch die Sonne nach vielen düsteren Tagen endlich wieder, wärmte sie allesamt mit ihren Strahlen und erhellte die dunklen Gemüter. Dessen nicht genug, berichtete Melaine Jonnef von Erinya, die an die Erfüllung der Verheißung durch das Drachenkind glaubte. „Du solltest sie nicht enttäuschen", meinte sie und wies ihn darauf hin, dass allein er im Besitz des Vertrauens des Drachenkinds sei. Er solle an seine Gaben glauben und etwas aus ihnen machen. „Ich bitte dich Jonnef, mache etwas daraus!"

Von einem neuen Licht der Zuversicht erfüllt, begab sich Jonnef abermals in die Höhle des Drachens. Es kostete Jonnef anfangs einiges an Überwindung. Am liebsten hätte er sich von seinem Drachen losgesagt. Doch er ermahnte sich und rief sich in das Gedächtnis, das Dragon Feu es gewollt hätte, nachdem Calisto ihm ausführlich über die Audienz beim König berichtet und ihm Worte gesagt hatte, die ihn tief berührten. Nicht in seiner, sondern in Dragon Feus Sache wollte er nun handeln.

Wimmernd an einer brodelnden Quelle fand er sein Drachenkind vor, das ihn aus traurig trüben Augen heraus ansah. Ebenso traurig erwiderte Jonnef seinen Blick, der nach Vergebung heischte und um Wiedergutmachung bat. Sacht stupste der Drache ihn mit seinen Nüstern an und leckte mit seiner großen, glitschig rauen Zunge Jonnefs Hand. „Beruhige dich", sagte Jonnef und wischte sich die Hand am Ärmel seines Gewands ab. Dann setzte er sich zu dem Drachen und lehnte sich mit seinem Rücken an den warmen Rumpf an, indessen eine Träne ihm die Wange herablief. Gedankenverloren sah er in die Höhle hinein und erspürte einfach nur die Atmosphäre, die von diesem Raum und von seinem Drachenkind ausging, dessen Flanken sich ruhig hoben und wieder senkten. Noch immer schien Jonnef wie traumatisiert durch das Ereignis, aber er war froh, sich überwunden zu haben und endlich wieder bei seinem Drachen zu sein, zu dem er allmählich neues Vertrauen fasste. Denn er erkannte nun, dass der Drache ihn und auch er den Drachen brauchte, um glücklich zu sein.

Während die Zeit in der Höhle stillzustehen schien, war sie jedoch draußen weiter gegangen und in Bewegung geraten. Inzwischen hatte Melaine Erinya aufgesucht und sie zurück von ihrer Pilgerschaft in ihrer Hütte in Magictown vorgefunden. Vertieft über ein Buch gebeugt, hörte sie Melaines Schritte nicht und erschrak, als die Ritterin, die gerade im Begriff war anzuklopfen, vor ihr stand. Aufgeschreckt davon erhob sie sich schnell von ihrer Lektüre und schloss das Buch mit einer Schließe zu.

Ohne Erinya auch nur ein wenig auf das ihr Bevorstehende vorzubereiten, berichtete Melaine ihr völlig aufgebracht, dass die Verheißung des Verheißenden, von welcher sie gesprochen hatte, sich in eben diesem Moment ereigne. Wild stand ihr das lockige Haar zu Berge, indessen Erinya nicht wusste, wie ihr geschah, und das soeben Ausgesprochene noch immer zu deuten versuchte, um es in seiner Tragweite zu erfassen „Auf, komm, Erinya, steh nicht tatenlos herum. Wir müssen los. Du musst es mit eigenen Augen sehen."

Sorgfältig räumte die Angesprochene das Buch in das Regal ein und band sich in aller Ruhe ihr Haar zu einem Knoten, was in Kontrast zu Melaines Ungestüm stand. „Ich muss das alles erst einmal gedanklich fassen, verarbeiten und mich mental darauf vorbereiten", sagte Erinya.

Melaine rollte mit den Augen. „Nun komm schon. Es liegt nun an uns, für Jonnefs Sache und die des Drachenkinds einzutreten, damit Jonnef zu Ende führen kann, was er begonnen hat, und seine Mission gelingt." Sie reichte ihr einen Harnisch und ein Schwert, das Erinya sich um die Hüfte band und sie ritterlich kleidete.

Dann ritten sie gemeinsam nach Maryland hinein. Melaine auf Ayalla und Erinya auf dem stolzen Friesen. In Ritterrüstung gekleidet erkannte der Statthalter die Verbannte nicht und ließ die beiden jungen Frauen hoch zu Ross unerkannt in die Stadt hinein.

„Ich fürchte weder Schatten noch Dunkelheit", meinte Erinya und ritt bis in den Stadtkern hinein – direkt an die Stelle, wo sie einst auf dem Scheiterhaufen gestanden hatte. Schaulustige tummelten sich nun um sie, beeindruckt von den schönen Pferden und den Ritterrüstungen, die sie trugen, da diese nicht denen der Söldner glichen. Woher sie kämen, wollten die Menschen wissen. Erinya aber antwortete ihnen nicht, aus Furcht, ihre Stimme könnte sie verraten. Melaine, mutiger als sie, klappte ihr Visier hoch und nahm den Helm ab, wodurch ihr wallendes Haar zum Vorschein kam.

„Das ist die Ritterin", rief die Menge aus und trat ein Stück weit zurück, vom Anblick der zarten Frau in Rittergestalt bestürzt und fasziniert zugleich. „Hört, ihr Leute Marylands. Nicht alle Dunkelheit birgt Schatten. Licht ist in der Finsternis", verkündete ihnen Melaine mit imposanter Stimme.

Doch die Menge hörte nicht auf sie und wenn doch, so verstand sie nicht, was sie mit dem Gesagten meinte. Noch ehe sie zu Ende gesprochen hatte, verdunkelte ein Schatten die Sonne und am Himmel zeigte sich das Drachenkind. Mit einem Flügelschlag hatten sie es erkannt, wobei die Menge in Panik geriet und wild schreiend um sich schlug. In alle nur denkbaren Richtungen liefen sie, völlig unkontrolliert und in Panik versetzt, sodass die Menschen einander anstießen, viele zu Boden fielen und wieder aufstanden mit Prellungen und Brüchen, bis sie in ihre Häuser geflüchtet waren, solch ein Chaos richtete das Drachenkind an.

„Bleibt ruhig", rief nun Erinya in die wilde, völlig aufgelöste Menge hinein. „Nicht Unheil naht, das euch zum Verderben will gereichen, sondern Frieden kommt, wenn ihr bereit seid, euch auf es einzulassen und ihm unvoreingenommen zu begegnen. So haltet doch ein in eurer Panik. Nicht fürchten müsst ihr euch, wenn ihr mit offenen Herzen kommt, bereit, einander zu begegnen ohne Furcht."

Die Menge aber hörte nicht auf sie, bis einer heraustrat und ihnen allen zurief: „Ist dies nicht die Verbannte, die hier nichts zu suchen hat und deren Einfluss womöglich schädlich ist? Mit Dämonen soll sie in Verbindung stehen, nicht wahr?"

Erinya entgegnete ihm nichts, doch fühlte sie den Schrecken, der sie umgab.

„Ich mag ihren Mut und das, was sie spricht. Und darüber hinaus erinnert sie mich an meinen Sohn, der mir der Herrgott zu früh hat genommen", meinte eine vom Alter gezeichnete Frau mit runzeliger Haut und einem Kopftuch bis weit ins Gesicht gezogen.

„Jawohl", meinte eine weitere Stimme entgegen der Mehrheit, die sich gegen Erinya aussprach und sie in einer wogenden Welle, deren sie und ihr Pferd sich nicht erwehren konnten, bis hin zum Palast des Königs leitete. Er solle entscheiden, was mit ihr geschieht, hörte man immer wieder aus der Menge. Erinya konnte gar nicht anders, als dieser Woge zu folgen, und wusste, dass sie zum Tode verurteilt war.

Der König, der in eben diesem Moment auf die Balustrade trat, um nach der Ursache des Tumults sich zu erkunden, sah die Ritterinnen inmitten der Menge – und die Verbannte. Sofort ließ er nach seinen Söldnern schicken, indessen das Drachenkind vom Himmel herabkam und sich ihr näherte. Mit diesem gigantischen Schatten in ihrem Rücken konnten die Söldner nichts weiter tun, als von diesem Anblick überwältigt stehen zu bleiben und das Spektakel zu betrachten. Der König sah den Drachen und glaubte sich in die Vergangenheit versetzt, die bisher nur noch seinen Albträumen angehört hatte. Sein Herz stand still, als er sich nun erneut mit dem Drachen konfrontiert sah, welcher ihn vor Jahrzehnten schon einmal bedroht hatte. Doch diesmal konnte ihm kein Zauberer wie Dragon Feu beistehen und helfen. Er war allein. Allein auf sich gestellt und auf seine Männer angewiesen, die machtlos gegenüber der Kreatur schienen. Er stürzte und sah das Ungeheuer auf sich zukommen. Doch dann kam Sir Ruven de Light aus dem Hintergrund hervor, um seinem König Beistand zu leisten. In seiner Hand hielt er eine gigantische Armbrust, deren Pfeil genau auf das Herz des Drachenkinds ausgerichtet war. Niemand sah es, niemand außer Calisto, welcher beobachtete, wie er den Pfeil einspannte und ahnte, mit welcher Wucht er auf den Drachen zurasen würde, ohne sein Ziel zu verfehlen.

Calisto fühlte nun die innere Zerrissenheit, von der Jonnef einst gesprochen hatte. Doch diesmal würde er sie nicht zulassen, sondern sich Klarheit darüber verschaffen, was ihm wichtiger war – und dies in nur einer einzigen Sekunde. All seinen Mut nahm er zusammen und rannte auf seinen Herrn zu, um ihn zu überwältigen, wodurch jedoch nur die Ausrichtung des Pfeiles sich veränderte, die nun nicht mehr das Herz des Drachens traf, sondern Jonnefs, der im Begriff war, mit seinem Drachen auf dem Erdboden zu landen. Allein auf seinen Drachen fokussiert sah er nicht den tödlichen Pfeil auf sich zukommen, jedoch Erinya, die diesen wie in Zeitlupe fliegen und Jonnefs Herz treffen sah. Und so rannte sie, ohne vorher nachzudenken, ganz intuitiv und aus einem inneren Gefühl heraus auf Jonnef zu und warf sich heldenmütig vor ihn und den Drachen.

Jonnef erkannte sie und spürte ihr Herz in dem seinen schwingen, indessen der Pfeil auf ihn zugerast kam und Erinyas Schulter zerschmetterte. Blutüberströmt sank sie zu Boden. Jonnef konnte es nicht fassen. Er war wie betäubt, wie gelähmt, erschüttert und geschockt, sank zu ihr zu Boden und nahm sie in seine Arme.

Auch Melaine schien wie betäubt, als sie mitansehen musste, wie Erinya ihr kostbares Leben für das seine hatte hingegeben. Die Menge umstand sie nun und sah, wie Jonnef mit seinem Umhang ihre Wunde zu stillen versuchte, indessen Erinya bewusstlos, ja fast wie tot in seinen Armen liegen blieb. Das Drachenkind jedoch, das ein Gespür für Jonnef hatte und mit ihm seine Gefühle teilte, war über sie gebeugt und vergoss stille Tränen, die auf ihre Wunde flossen und sie zu heilen schien.

Wie durch ein Wunder schlug Erinya die Augen auf. Sie winselte vor Schmerz, dann sah sie Jonnef und den Drachen, der sie liebkoste, was sie ihre Schmerzen weniger fühlen ließ.

Die Menge aber gerührt, erstaunt und tief beeindruckt, ja überwältigt gar und von der Gutherzigkeit des Drachens überzeugt – sie verlangte geradezu, sich mit dem Drachenkind zu versöhnen.

„Gepriesen sei das Drachenkind“, riefen die Menschen aus und klatschten jubelnd in ihre Hände. Dann tanzten sie und segneten Jonnef, das Drachenkind.

Jonnef traute seinen Ohren nicht. Das war mehr, als es seine Vermittlungsarbeit je vermocht hatte.

„Von nun an sei Friede unter uns. Kein Leid soll mehr von Mensch noch Drache geschehen“, riefen sie einander zu und streuten Kirschblütenblätter auf Jonnef und seinen Drachen hinab, indessen ein Regenbogen am Himmel sich zeigte.

Wiederkehr

Jonnef fühlte sich, wie in einen Traum versetzt, den er einst geträumt und nicht für wahr gehalten hatte, indes Erinya sich bestätigt sah und die Verheißung des Drachenkinds als erfüllt. In friedvollem Einverständnis lebten Jonnef und sein Drache an der Seite Erinyas fort, die ihr Glück bei ihnen fand. Selbst die Krone Marylands wurde ihnen angeboten, als es nach einem neuen König verlangte und das Drachenkind in Erwägung zog. Jonnef aber trat die Krone an Calisto und Melaine ab, wofür ihn die Menschen in Maryland umso mehr bewunderten und als einen Helden feierten, den sie in ihren Liedern besangen und in ihren Schriften verewigten.

Auf diese Weise lernte Jonnef endlich, sich selbst zu lieben und sein Dasein auf Erden für berechtigt zu empfinden. Berechtigt, weil er seiner Bestimmung gefolgt war und dies alles seinem Leben einen Sinn gegeben hatte. Im Einklang mit sich selbst und seinen Mitmenschen suchte er nun wieder häufiger jenen Ort auf, der ihn stets in sein inneres Gleichgewicht zurückgebracht hatte. Jene Waldlichtung inmitten der Bäume, wo leichte Winde sein Haar zerzausten und sacht mit seinem langen Mantel spielten, indessen er seine Arme anhob und den Wind, geschlossenen Auges, durch seine Fingerspitzen hindurchgleiten ließ, auf dass er die Welt um sich herum vergaß und die magischen Kräfte in sich spürte.

Nie mehr gedachte er, Magictown zu verlassen.

Doch dann kam es anders. Der Vater, der noch immer in der Menschenwelt des 21. Jahrhunderts sich befand und allmählich gebrechlich wurde, verlangte nach seinem Sohn.

Jonnef quälte sich lange mit dem Gedanken, zurückzukehren und sich seiner Vergangenheit zu stellen, in der er sich stets unwohl und wie ein Fremdkörper gefühlt hatte. Nun aber war er nicht mehr der schwache, in allem unzulängliche Junge von einst, sondern ein charakterstarker Mann mit Persönlichkeit geworden, wodurch er seinen

Mitmenschen ein Segen war. Sehnsüchtig erwartete ihn der Vater, dessen Körper von Tag zu Tag schwächer wurde. Ob er wollte oder nicht, Jonnef musste zurückkehren, um seinen Vater auf dem Sterbebett die letzte Ehre zu erweisen.

Mit Erinyas Einverständnis ging er fort und tauschte seinen braunen Zauberermantel und sein Gewand gegen einen gewöhnlichen Pullover und eine schwarze Hose ein. Das schulterlange Haar zu einem Knoten gebunden reiste er schließlich ab – als Jonnef Ladoux. Noch einmal schritt er durch das Portal der Ruine hindurch, wo er einst mit dem Vater in der Kutsche sitzend hindurchgefahren war. Dann war er von Magictown in die Menschenwelt des 21. Jahrhunderts gelangt.

Dort angekommen, ging er vorbei an großen Plätzen und Einkaufshäusern. Vorbei auch an seiner ehemaligen Schule. Allein der Anblick des Gebäudes stimmte ihn wehmütig. Denn er fühlte sich zurückversetzt in die Zeit, da er als ein mittelmäßiger Schüler und Halbwaise sein Dasein dort gefristet hatte.

Schließlich erreichte er das Hospital, in dem sich sein Vater befand. An Schläuchen angeschlossen und an eine Infusionsflasche geheftet, erkannte er ihn kaum wieder. Doch so ging es auch dem Vater mit seinem Sohn, hätte er nicht ein unsichtbares Band der Verbundenheit zwischen sich und ihm verspürt. Dieses ließ ihn die Augen auf seinen Sohn hin öffnen, indessen Jonnef die Hand des Vaters in die seine nahm.

„Vater, ich bin zu dir zurückgekehrt. Zurück aus Magictown“, flüsterte Jonnef und strich ihm über die Stirn.

„Jonnef, mein Sohn, du bist es“, brachte der Vater unter größter Anstrengung hervor. „Stille ist um mich gewesen seit deinem Fortgang. Und eine große Leere, die nur die Arbeit mir mit Sinn hat erfüllt.“ Wie Fremde saßen sie sich gegenüber und wagten nicht, nach Vergangenem zu fragen.

„Viel ist in der Tat geschehen“, sagte Jonnef und dachte sich seinen Teil.

„Hast du den Drachen gesehen?“, wollte der Vater schließlich wissen.

„Oh ja“, bestätigte ihm Jonnef.

„Und wie sieht er aus?“ Er hustete, indessen Jonnef seinen Stuhl näher an das Sterbebett des Vaters heranrückte.

Dann begann er zu berichten: „Erzählen möchte ich von Calisto, einem jungen, außergewöhnlichen Mann, der schicksalhaft mit einem Drachenkind verbunden ist. Noch ungewiss seiner Bestimmung auf Erden, wandelt er in der Stille seines Wesens ruhend und träumt sich hinfort in eine andere Welt, die viel schöner, als die seine ...“

Als Jonnef mit seiner Geschichte geendet hatte, da blickte der Vater mit strahlenden Augen auf. Augen, die der irdischen Sphäre schon wie entrückt waren, und lächelte ein solches Lächeln, das bereits dem Jenseits galt.

„So hat mein Sohn also das Erbe seines Vaters und das seines Großvaters, dem letzten Nachfahren Richard Deboskos, angetreten.“ Er hielt inne und schnaufte zufrieden. „Er hat zu Ende geführt, was er begonnen und mir nicht gelungen ist. Aber meinem Sohn Jonnef ist es gelungen. Jonnef, das Drachenkind, das die Versöhnung des Drachens mit der Menschheit hat herbeigeführt, auf dass die Verheißung ist eingetreten und Frieden in Maryland eingekehrt.“ Er lächelte nun ein solch strahlendes Lächeln, sodass es Jonnef war, als ging die Sonne auf. Doch sein Atem war schwer, was ihm weiter zu reden nicht gestattete, sodass sie der Stille in sich Raum gaben.

Dann setzte der Vater erneut unter größter Mühe an, zu sprechen. „Jonnef, mein Sohn. Dragon Feu wäre stolz auf dich und ich bin es auch. Denn nun kann ich beruhigt und guten Gewissens gehen, da du für mich gebürgt hast.“

Jonnef schwieg und sah abwechselnd zum Fenster hinaus und zu seinem Vater hin.

„Doch eine letzte Bitte habe ich noch an dich, die du allein mir gewähren kannst. Nimm mich mit in dein Reich der Fantasie, damit ich mit dem Drachen gen Himmel fliegen kann, um meine Seele auszuhauchen.“ Mit diesen Worten schloss der Vater für immer die Augen.

„So sei es“, flüsterte Jonnef und küsste ihm die Stirn zum Abschied.

Bilder zum Buch

Die folgenden Zeichnungen stammen von einer vierten Klasse der Barfüßer Schule – Staatliche Grundschule in Erfurt und sind nach einer Lesung der Autorin Mirijam Habel entstanden.

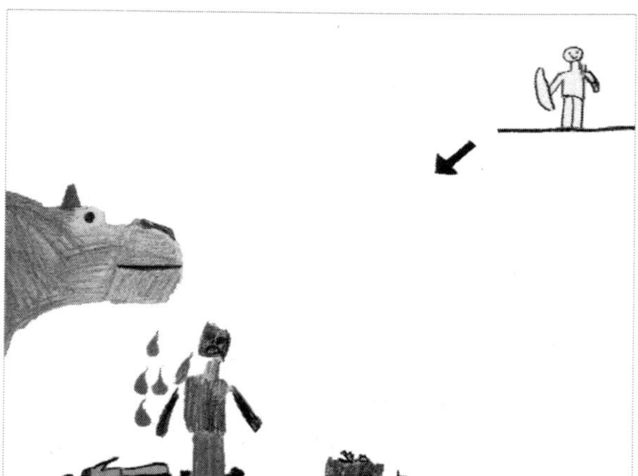

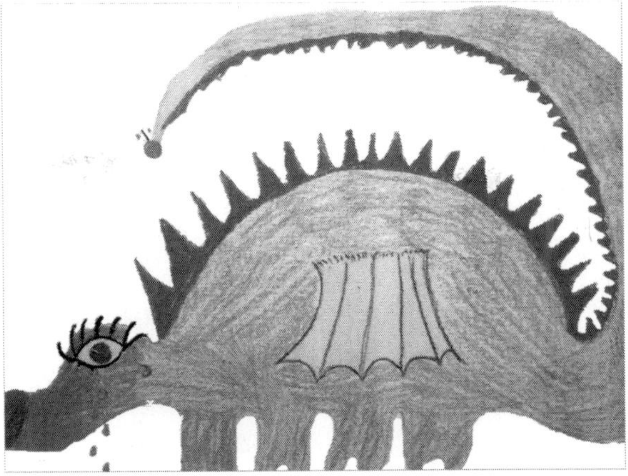

Euch hat das Buch gut gefallen und ihr möchtet ebenfalls der Autorin eine Zeichnung zukommen lassen – wir geben sie gerne an Mirijam Habel weiter. Schreibt uns unter info@papierfresserchen.de.

Die Autorin

Mirijam Habel: 1986 in Heidelberg geboren. Zunächst hat sie die Realschule besucht und sich dann einen Traum erfüllt, der darin bestand, auf das Gymnasium zu gehen und das Abitur zu bestehen. Anschließend hat sie Deutsche Philologie/Literaturwissenschaft und Europäische Kunstgeschichte in Heidelberg, Jena und Erfurt studiert. Seit 2013 ist sie selbstständig tätig als freischaffende Autorin, Lektorin und Literaturwissenschaftlerin.

Unser Buchtipp

Laura Schmolke
Gefangene des Lichts
Die Chroniken der Wandler Bd. 1

ISBN: 978-3-86196-423-0 – Taschenbuch, 302 Seiten

Stellen Sie sich vor, Ihnen wird plötzlich eine vollkommen neue Welt eröffnet.
Stellen Sie sich vor, Sie erhalten die Fähigkeit, die drei Ebenen – Materie, Gefühl und Traum – zu beherrschen und zu manipulieren.
Stellen Sie sich vor, Sie können diese einsetzen, um für eine bessere Welt zu kämpfen. Wie weit würden Sie gehen?

Die siebzehnjährige Felicitas muss sich diesen Fragen stellen. Überraschend mit unglaublichen Fähigkeiten ausgestattet, schließt sie sich einer Gruppe an, die sich die Wandler nennt. Das gemeinsame Ziel: unbemerkt von den Menschen eine bessere Welt zu erschaffen. Doch schon bald beginnt Felicitas zu zweifeln, ob die Wege, die die Wandler einschlagen, auch die richtigen sind. Sie forscht nach und erkennt, dass nichts ist, wie es scheint, und dass auch die Wandler dunkle Geheimnisse haben. Gefangen in einem Netz aus Geheimnissen und Lügen muss sie sich entscheiden, wem sie vertrauen und für was sie kämpfen will.